Einaudi. Stile Libero Big

Dello stesso autore nel catalogo Einaudi

Serie del commissario Ricciardi
Il senso del dolore
La condanna del sangue
Il posto di ognuno
Il giorno dei morti
Per mano mia
Vipera
In fondo al tuo cuore
Anime di vetro
Serenata senza nome
Rondini d'inverno
Il purgatorio dell'angelo
Il pianto dell'alba
Caminito
Soledad

Serie dei Bastardi di Pizzofalcone
Il metodo del Coccodrillo
I Bastardi di Pizzofalcone
Buio
Gelo
Cuccioli
Pane
Souvenir
Vuoto
Nozze
Fiori
Angeli
Pioggia

Serie di Mina Settembre
Troppo freddo per Settembre e *Una Sirena a Settembre*

Racconti
Vita quotidiana dei Bastardi di Pizzofalcone
Giochi criminali (con G. De Cataldo, D. De Silva e C. Lucarelli)
Tre passi per un delitto (con C. Cassar Scalia e G. De Cataldo)

Maurizio de Giovanni
Volver
Ritorno per il commissario Ricciardi

Einaudi

© 2024 Giulio Einaudi editore s.p.a., Torino
Pubblicato in accordo con The Italian Literary Agency, Milano
www.einaudi.it
ISBN 978-88-06-25520-6

Volver

Y aunque no quise el regreso
siempre se vuelve al primer amor
la vieja calle donde el eco dijo
tuya es su vida, tuyo es su querer
bajo el burlón mirar de las estrellas
que con indiferencia hoy me ven volver.

E anche se non volevo tornare
si torna sempre al primo amore
la vecchia strada dove l'eco diceva
tua è la sua vita, tuo è il suo amore
sotto lo sguardo beffardo delle stelle
che con indifferenza oggi mi vedono ritornare.

ALFREDO LE PERA, *Volver*, 1934.

I.

Me lo ricordo, quel giorno. Anche se ero molto piccola me lo ricordo benissimo, come fosse adesso. Come se ancora piovesse forte, come se ancora dalle finestre socchiuse entrasse l'odore della terra bagnata e delle galline. Come se ancora sentissi le donne che, chiacchierando, sussurravano come fossero in chiesa. Come se ancora ci fosse quel grosso moscone che cercava la strada per l'esterno, picchiando sulla lastra e, istupidito dalle testate, provando a capire perché gli alberi e le foglie flagellate dall'acqua, che pure erano lí davanti, fossero invece per lui irraggiungibili.

Me lo ricordo bene, quel giorno. Anzi, credo sia il primo vero ricordo che ho, preceduto da lampi che forse ho soltanto immaginato. Lei che sorride nel sole, per esempio. La mano ruvida sulla guancia, per le uniche carezze che io abbia ricevuto. Il sapore della pasta dolce, in chissà quale giorno di festa. Chi lo sa se sono mai successe, queste cose.

Ma quel giorno no, quel giorno c'è stato eccome, e io me lo ricordo.

Come fosse adesso.

Avevo due vestine, questo è sicuro. Una in tela blu, pesante, con una macchia sull'orlo per la quale di certo ero stata punita ma non rammento come. Era la vestina che segnava i giorni comuni, i giorni in cui accadevano i fatti normali. L'altra era quella bella, bianca con i fiorellini, che lei mi metteva la domenica, quando ogni cosa si fermava e c'era sempre il sole, quando pure io andavo in chiesa e c'era tutta quella gente, tutti vestiti bene, e sembrava un altro posto e un altro tempo, il mio paese.

La vestina buona, quella bianca con i fiorellini, si accompagnava a una molletta che mi teneva i ciuffi fermi sopra la fronte. Lei mi sollevava e mi faceva vedere allo specchio, la faccia mia davanti alla sua, cosí poco simili e cosí sorridenti. Ma non lo so se è soltanto l'immaginazione.

Quel giorno invece me lo ricordo bene.

E mi ricordo di me con la vestina buona anche se non era domenica, ed era strano, perché non sembrava una festa. Non solo per la pioggia, che portava in casa il rumore e l'odore; ma per la tristezza.

Non capivo perché mi impedivano di entrare da lei. Mi avevano detto di stare seduta composta, le dita intrecciate sulle gambe. Me lo avevano proprio mostrato, devi stare cosí, immobile, e non dire niente. Me lo aveva detto mia zia, la sorella di lei; e pure questo era strano, perché la vedevo di rado, in occasione di qualche sporadico incontro, e mi guardava male. Mi guardavano male tutti, per la verità; tranne lei, che non mi lasciava mai e mi stringeva la mano e

mi aggiustava i capelli e mi lisciava la veste quando si spiegazzava.
Tranne lei. Con quegli occhi azzurri e quel sorriso grande. Con quella tenerezza.
Mi ricordo che piegandomi un po' riuscivo a scorgere i suoi piedi sul letto. Aveva le scarpe, e mi sembrava assurdo, perché era fissata con l'ordine e la pulizia e le scarpe sul letto non le avrebbe mai consentite a nessuno. Mi ricordo che c'erano Teodoro e Michele, i fratelli maggiori, seduti insieme alla zia e all'altra donna sulle sedie davanti al letto. Michele tossiva, una tosse profonda che pareva di un vecchio e non di un bambino; io Michele me lo rammento soltanto cosí, bianco di pelle e rossiccio di chioma, che tossisce nel fazzoletto con le spalle curve.
Teodoro invece ogni tanto mi guardava col solito disprezzo. Mi ricordo anche il dolore acuto dei pizzichi che mi dava sulla schiena, di nascosto, sibilandomi di stare zitta, di non provare a piangere o a lamentarmi altrimenti sarebbe stato peggio.
Mi ricordo dell'odio di Teodoro e della tosse di Michele. Magari una bambina potrebbe avere memorie migliori dei suoi primi anni di vita. Ma c'era pure la tenerezza di lei, e quella non la voglio scordare, e se provassi a dimenticare il resto, forse fuggirebbe persino quella traccia nelle nebbie del passato.
Comunque, loro erano ammessi nella stanza in cui lei stava con le scarpe sul letto. Io invece rimanevo fuori, e guardavo loro che guardavano lei e mi sembravano piú sorpresi che addolorati. E c'era il rumore

della pioggia, e il moscone che tentava di uscire, e io mi sarei alzata per cacciarlo via però mi avevano detto di rimanere immobile, e stavo lí anche se dovevo fare pipí e avevo fame e volevo una carezza, ma le scarpe non si muovevano e non c'era nessuno che mi avrebbe accarezzato, nessuno, mai piú.

Poi arrivarono le due donne.

Si accorse Teodoro del rumore della carrozza, fu lui a guardare fuori, le labbra serrate dalla diffidenza. Il cavallo si fermò, le ruote cigolarono. Si sentí il rumore dello sportello, ci furono i passi sulla ghiaia. La porta si aprí ma non avevano bussato.

Mi ricordo la donna grassa che teneva aperto il battente. Scrutò dentro, facendo scivolare lo sguardo sulle povere cose di casa mia. Quegli occhi fieri e accigliati si attardarono un attimo su di me, e mi sembrò che perdessero un po' di durezza. Poi si girò e si fece da parte, per lasciare entrare l'altra.

Mi si arrestò il cuore per la paura. Era una figura sottile, e a me pareva altissima. Era vestita di nero, e a me che non avevo mai visto un paio di guanti parve avere degli artigli di pelle scura. Dal cappello scendeva un velo che impediva di vederne il volto. Camminava cosí leggera che non pareva toccare terra. Dalla veste colavano gocce di pioggia, che punteggiavano la pietra del pavimento. Il moscone, spaventato dal movimento improvviso, trovò per miracolo uno spiraglio e uscí dalla finestra. Avrei voluto poter fare lo stesso.

La donna grassa seguí quella vestita di nero e, giunta all'ingresso della camera da letto, l'anticipò. Gli occu-

panti della stanza si alzarono in piedi. Teodoro rimase seduto, e la zia, che gli stava al fianco, gli ghermí l'orecchio costringendolo a sollevarsi con un gemito di dolore.
Restarono in silenzio. La donna velata fece un passo e si chinò in avanti, le mani guantate sulla pediera a pochi centimetri dalle scarpe.
Ricordo la sensazione di sospensione. Tutti parevano attendere qualcosa di terribile.
La donna grassa chiese a mia zia quando, e la zia rispose ieri notte. Aveva un tono circospetto, quasi temesse di dire la frase sbagliata.
La donna velata scosse il capo. Io mi domandai perché stesse dicendo di no, e mi aspettai che parlasse. Però non disse niente.
Poi si voltò verso la donna grassa e annuí. L'altra avvicinò mia zia e la condusse verso la finestra. Si misero a parlottare, io non sentivo quello che dicevano anche se erano a poca distanza, per via del rumore della pioggia. Teodoro si mise a fissarmi col solito odio, e però c'era dell'altro.
Oggi so che era invidia.
La zia tentò di interrompere, ma la donna grassa era imperativa e le teneva la mano sul braccio. Ebbi l'impressione che la stringesse con forza. Alla fine tirò fuori dalla tasca un fagotto, forse un fazzoletto, e lo diede a mia zia. Lei lo agguantò rapida, abbassò gli occhi e non li alzò piú.
Mi resi conto che nessuno aveva osato guardare la donna velata. Come se non esistesse. Come se fosse un presagio. Come se portasse male.

La donna grassa si mise dietro la donna velata e attese. Attesero tutti, per un tempo che mi sembrò infinito. Poi la donna velata chinò la testa, uní le mani come si fa in chiesa. Si girò e uscí dalla stanza, venendo verso di me.

Avrei voluto scappare, correre nella pioggia anche se avevo la vestina buona e la molletta e si sarebbero inzaccherate anche le scarpe nel fango. Ma tutto, pur di non trovarmi davanti a quel velo nero.

Invece non mi mossi, e non piansi. Restai ferma e composta, le manine in grembo e i piedi che non toccavano terra. Pensai che se potevo stare zitta per i pizzichi di Teodoro, potevo stare zitta anche allora.

La donna restò in piedi, davanti a me. Allungò l'artiglio di pelle scura e mi sfiorò la guancia. Pareva una carezza. Chiusi gli occhi, e quando li riaprii c'era solo la donna grassa.

Mi disse: prepara le tue cose, *piccere'*. Stasera ti vengo a prendere.

E sarebbe stato il primo giorno della nuova vita.

II.

Buongiorno, amore mio, disse Ricciardi. E sedette davanti a Enrica. La presenza di lei, nel piccolo cimitero di Fortino, era stata dirimente per convincere Giulio e Maria, i suoi genitori, a trasferirsi nel paese del basso Cilento assieme al commissario e a Marta. Tutto ciò che Ricciardi aveva provato a enumerare in merito al pericolo, alla brutta aria che tirava, ai tempi peggiori che di certo li attendevano, al fatto che ormai il cavaliere Colombo non poteva piú recarsi al negozio nemmeno per salutare i piú affezionati tra i clienti, era caduto nel vuoto.

La loro città, gli aveva spiegato Giulio con la solita dolcezza, era quella. Erano nati, si erano incontrati e fidanzati lí; si erano sposati e avevano vissuto in quella casa. Lí erano venuti al mondo i figli, lí aveva abitato Enrica prima del matrimonio. Era lí che avrebbero trascorso la vecchiaia. Ed era lí che sarebbero morti, qualsiasi fosse la maniera decisa dal destino. Maria, pugni sui fianchi e labbra strette, aveva aggiunto che non avevano certo paura di quattro pagliacci scalmanati vestiti di nero.

Ricciardi, allora, aveva ripiegato ad arte su Marta. Aveva spiegato ai suoceri che la piccola avrebbe dovuto frequentare una scuola separata, allontanandosi dagli altri bambini e sentendosi discriminata e diversa. Che senza i nonni sarebbe stata indifesa. E che la sua personalità ne avrebbe risentito.

Aveva detto che le sue fortunate condizioni economiche gli avrebbero consentito di lasciare il lavoro senza problemi: avrebbe fatto ritorno ai luoghi dell'infanzia e ripreso le redini delle proprietà, che sarebbero state un giorno l'eredità di Marta. E aveva sottolineato che si trattava comunque di un periodo breve, una specie di vacanza in attesa che si calmassero le acque.

Giulio aveva protestato: le origini ebraiche della sua famiglia erano una specie di favola familiare; loro erano di religione cattolica, le figlie si erano sposate in chiesa e tutti insieme andavano a messa la domenica. Ricciardi aveva ascoltato con pazienza, poi aveva ripetuto che purtroppo la lista che il vicequestore Garzo gli aveva mostrato comprendeva i loro nomi; e che Garzo stesso, il giorno dopo il dialogo che aveva avuto con lui, si era reso irreperibile.

Se non volevano farlo per sé stessi, insomma, dovevano prudenza alla nipotina. E se Enrica fosse stata ancora lí, avrebbe imposto la sua dolce, fermissima volontà.

Il fatto che riposasse a Fortino, nella tomba di famiglia dei baroni di Malomonte, era stato l'ultimo argomento di Ricciardi. Quello che aveva incrinato l'irremovibilità di Maria, la meno incline a trasferirsi.

Le prime settimane non erano state facili. I ritmi della vita in campagna, l'assenza di amicizie e conoscenze, la mancanza di compiti e di ruoli sociali li disorientavano e intristivano. E c'era la lontananza dagli altri figli, che avevano preferito restare in città con Susanna, adesso la maggiore fra loro, e Marco, il marito che gestiva il negozio ed era un fiero sostenitore del partito fascista, circostanza che gli faceva credere di non correre rischi e di poter proteggere i suoi ragazzi.

Un po' alla volta, Maria si era messa a partecipare alla gestione della grande casa dei Malomonte fino a prenderne le redini, con soddisfazione di tutti e in special modo di Nelide, che poteva cosí occuparsi dei possedimenti di Ricciardi con maggior cura; e Giulio si concedeva lunghe passeggiate, fermandosi a chiacchierare coi contadini e gli anziani che giocavano a carte ai tavolini esterni dell'osteria del paese, col prete e col farmacista, proprio come fosse nato lí.

Ricciardi cercava di trascorrere piú tempo possibile con Marta. Il loro già fortissimo rapporto si era consolidato ulteriormente, e la curiosità della bambina verso ogni aspetto della natura che li circondava lo commuoveva. Era cosí simile a Enrica, con quegli occhi neri e vivaci, quell'entusiasmo e quell'ingenua sensibilità che aveva tanto amato, e che gli erano stati sottratti tanto presto.

Poi, con minore trasporto e maggiore diffidenza, aveva ristabilito un contatto coi luoghi della propria infanzia. Era andato via ancora adolescente, per studiare. Dopo c'era stata l'università, e dopo ancora la scelta lavorativa. Non era mai diventato un vero cittadino di quella metropoli urlante e colorata che cosí poco gli assomigliava, ma aveva finito con l'affezionarsi e col non sapersi immaginare lontano da quel luogo. Perciò adesso si sentiva ancora piú estraneo nel posto dov'era nato e cresciuto, rispetto alla casa e all'ufficio in cui aveva passato ore difficili e felici.

Gli mancavano gli amici. Il brigadiere Maione innanzitutto, quell'enorme, gioviale, irascibile espressione di umanità, tanto simile alla città stessa; e Bruno Modo, il dottore colto e fintamente cinico ma dal cuore talmente grande da renderlo fragile e metterlo in pericolo, contrario com'era al regime. E gli mancava persino il lavoro, la caparbietà febbrile con cui affrontava ogni indagine, l'ansia oscura di scoprire le ragioni del male e i moventi delle mani assassine, per rendere pace alle anime morte che, luminescenti, vedeva impegnate a recitare l'ultimo pensiero interrotto dal trapasso violento.

Ma, sussurrò alla tomba di Enrica nel fresco della cappella di famiglia, nel profumo dei fiori recisi e nel silenzio popolato dai canti degli uccelli sui cipressi del cimitero, la salute e la sicurezza di Marta e dei suoceri avevano la precedenza su ogni altro pensiero. E se provava ancora disagio a percorrere quelle strade e a incontrare gli occhi di sconosciuti che si inchinavano e lo chiamavano eccellenza, col tempo lo avrebbe superato.

Che strana cosa è la memoria, amore mio, mormorò Ricciardi.

Dovrei ricordare i miei primi quindici anni. I giochi che facevo, i pochi bambini che mi lasciavano frequentare.

Dovrei ricordare le storie che mi raccontava Mario, il fattore appassionato di Salgari, che ascoltavo per ore a occhi spalancati davanti al fuoco nei lunghi e rigidi inverni.

Dovrei ricordare Rosa, la mia tata dolcissima, che mi nutriva e mi osservava per capire i miei bisogni e quali pensieri mi agitassero la mente.

Dovrei ricordare mia madre, i suoi silenzi e lo sguardo perduto nel vuoto, la sua improvvisa tenerezza e la mano bruciante di febbre sulla mia guancia.

Dovrei ricordare i primi morti che ho incontrato, che hanno popolato gli incubi di un giovane convinto di essere pazzo. Un giovane che mai avrebbe immaginato di poter condividere la propria follia con qualcuno, e invece, come sai, alla fine lo ha fatto, scoprendo che nessun peso è cosí schiacciante da non poter trovare conforto nella dolcezza di chi ti ama.

Dovrei ricordare mio padre, nell'unica immagine che ho e forse non è nemmeno un ricordo ma un'idea, lo stesso uomo che vedo nei ritratti alle pareti in questa casa, alto, austero, le tempie imbiancate e i baffi, che mi chiama a sé per sollevarmi sopra la sua testa, e il cuore mi batte di amore e di paura.

Dovrei ricordare queste cose, amore mio; perché io sono nato qui, e perché nelle mie vene scorre lo stesso sangue di questa gente. Ma la memoria segue altre leggi, che sono quelle dei sentimenti e non della mente.

Perciò io mi ricordo di te.

Mi ricordo delle settimane trascorse qui dopo le nostre nozze. Ti portavo in ogni angolo di questa terra perché tu volevi vedere tutto, e conoscere tutti, e parlare con tutti.

Mi ricordo della tua curiosità, della diffidenza della mia gente che si scioglieva davanti al tuo sorriso irresistibile, delle donne che ti accoglievano nelle loro cucine e nei cortili per insegnarti le antiche consuetudini e le vecchie arti, e tu imparavi con il rispetto che si riserva ai professori universitari e non a semplici contadine.

Mi ricordo dell'orgoglio di camminare con te al braccio nelle strade del paese, sotto occhi luccicanti di curiosità e di approvazione per te che avevi un cenno di saluto per ciascuno, e che conoscevi piú nomi dopo una settimana di quanti ne conoscessi io che sono nato qui.

Mi ricordo delle nostre notti. E dell'amore infinito, della passione e della tenerezza che mi esplodevano in petto, e uscivano da me e dalla finestra per invadere i campi e gli edifici immersi nel buio, simili al suono perfetto di un'orchestra nascosta. E di come ricostruimmo l'istante in cui concepimmo la nostra bambina, quando tornammo in città.

E mi ricordo del futuro che sognammo, e che non abbiamo avuto. Di come credemmo in questa truffa che è la vita, di come sembrino vere le speranze quando popolano i sussurri di due innamorati.

Mi ricordo di noi, insomma. E invece dovrei ricordare il mio passato, ma in fondo è giusto, amore mio: perché io sono nato con te, quando ti ho vista la pri-

ma volta. Quando hai deciso di dare colore alla mia vita, ricambiando il mio sguardo.
Ci sei tu, in ogni luogo. Sei dovunque io vada, in questa terra che mi ha visto bambino ma che io ho conosciuto attraverso te.
Ogni luogo, tranne uno. Dove non ho avuto il coraggio di avvicinarmi, neanche con te. Il luogo di cui mi hai chiesto allora, ma che ti ho detto di non ricordare piú.
Un brivido percorse la schiena di Ricciardi, nonostante il caldo del primo giorno di luglio.
Enrica glielo aveva chiesto, dov'era accaduto. Dove tutto era iniziato e lui si era trovato bambino davanti al Fatto, al veleno che gli aveva intossicato l'esistenza e ancora lo attanagliava quando capitava davanti alla morte violenta.
Dove non aveva avuto il coraggio di tornare, mai piú.
E dove però presto o tardi sarebbe dovuto tornare.
Alla radice del suo dolore.
A domani, amore mio, sussurrò.
Poi si alzò e uscí nella luce.

III.

Stiracchiandosi nel sole, le gambe distese sotto il tavolino, il dottor Bruno Modo sorseggiava un surrogato guardando il mare. Di tanto in tanto prendeva appunti su un quaderno che teneva aperto davanti a sé, sul piano in marmo, e sbocconcellava una sfogliatella.

Dal caffè in cui si trovava si vedevano il mare, la montagna e il porto. Ogni cosa, da quella distanza, appariva uguale a com'era sempre stata: formiche operose che andavano avanti e indietro, minuscole automobili in transito, carri e carretti. Il rumore della città giungeva attutito. Lui stesso dava l'idea di essere ciò che in parte era, un pensionato che si godeva l'inizio dell'estate.

Ma nulla è mai come sembra.

Quella era una città in guerra. Lo era formalmente, e non solo per come si presentava da anni. Il nemico adesso erano le altre nazioni, non piú la miseria, la malattia, la povertà, l'invidia di classe. Alla fine ci erano riusciti a illudere la popolazione che bastava convincersi di essere i piú forti e con un destino di gloria per risuscitare la speranza.

A ben riflettere, non aveva voglia di provare rabbia. L'ospedale non gli mancava: tutto quel dolore, i morti e i malati di denutrizione e di epidemie. Siete contenti di chi vi governa? Siete contenti di ciò che vi aspetta? E allora ve lo meritate. Vi meritate il futuro che state costruendo, anzi, distruggendo con le vostre mani.

Avrebbe volentieri ceduto alla tentazione di partire. Era ancora possibile, immaginava. Forse mettersi su un treno con la scusa di dover partecipare a un consulto o a un convegno internazionale di medicina gli sarebbe stato consentito. Magari qualche funzionario avrebbe anche tirato un sospiro di sollievo: a nemico che fugge, ponti d'oro. La sua dissidenza del resto era nota.

O forse, come era piú plausibile, qualcuno lo avrebbe fermato alla frontiera e lo avrebbe accompagnato in un luogo buio, «per accertamenti». Salvo poi, nella migliore delle ipotesi, trasferirlo in un'isola del Mediterraneo insieme a decine di disgraziati come lui, dissidenti, omosessuali, intellettuali, accademici e giornalisti posti in condizione di non nuocere alla suprema grandezza del regime.

Nel suo caso, non avrebbe lasciato rimpianti dietro di sé. Non una moglie, non dei figli. Non genitori, né fratelli. Sarebbe scomparso nel silenzio, senza che nessuno si chiedesse che fine avesse fatto.

La mente andò a Ricciardi. Lo strano commissario cilentano dagli occhi verdi, l'unico che avrebbe potuto definire amico. Ripensò alla sera in cui si erano salutati, ormai tre mesi prima.

Di solito era lui a cercare Ricciardi, per convincerlo a prendersi una pausa dalle indagini e dall'oscura spinta a risalire la corrente degli eventi, a cercare le cause di ogni accadimento. Gli piaceva costituire un elemento di leggerezza nella vita del commissario, obbligarlo a distrarsi; perlomeno gli era piaciuto finché gli eventi non avevano preso a precipitare, finché non era divenuto Modo stesso il portatore di tristezza e di malinconia.

E però ancora di piú, in quel nuovo periodo di orribile cambiamento, gli era diventato di conforto stare con Ricciardi. Immaginava fosse per via della fiducia. Spie, delatori e accusatori si nascondevano dovunque; per guadagnare credito agli occhi di quei bastardi vigliacchi, chiunque, anche tra le conoscenze piú antiche, era pronto a redigere una lettera nella quale si illustravano parole, frasi, atti contrari al regime, da presentare a tribunali segreti che avrebbero formulato condanne senza difese e senza appelli.

Di Ricciardi, invece, Modo si fidava. Gli aveva dimostrato molte volte lealtà e amicizia, tirandolo fuori dai guai. Era l'unico al quale si sentiva libero di dire ciò che pensava. L'unico, va da sé, a parte quelli che erano come lui in lotta; ma non era gente da poter frequentare alla luce del sole.

Perciò, quando aveva ricevuto la chiamata dell'amico, insolita per l'urgenza e per il luogo, si era preoccupato. Lo aveva ascoltato, ne aveva accolto timori e paure. Sapeva della lista dei nomi, ne aveva sentito parlare in uno degli incontri segreti; ma, come per ogni argomento trattato in quella sede, non ne aveva potuto far cenno. Non sapeva invece che su quella lista c'era anche il nome della piccola Marta. Quando lo aveva appreso da Ricciardi ne era rimasto sconvolto. Il commissario gli aveva detto della determinazione a lasciare la città insieme alla figlia e ai suoceri. Modo aveva avvertito un dispiacere acuto. Era affezionato a Ricciardi e alla bambina: una parvenza di famiglia, qualcuno per cui provare affetto. Adesso sarebbe rimasto ancora piú solo. E poi gli era risalito in gola il gusto acre della rabbia. Per l'attitudine di quei vigliacchi a prendersela con gli innocenti, e a costringere le persone addirittura a scappare.

Poi Ricciardi gli aveva comunicato che sarebbero partiti l'indomani. Che aveva già formalizzato le dimissioni, e pregato il brigadiere Maione, il collaboratore piú devoto, di non riferire a nessuno dove erano diretti, anche se immaginava fosse chiaro viste le origini della sua famiglia.

«Adesso ascoltami bene, Bruno. Non sono qui soltanto per salutarti. So benissimo che sei in contatto con persone che, diciamo cosí, svolgono attività politica nel senso opposto a quello del governo. Ti prego, non confermare né smentire: hai capito a cosa mi riferisco. Sulla mia scrivania sono transitati rapporti dai quali si intuisce che l'attenzione della polizia segreta su queste organizzazioni è forte. Io ti voglio bene, siamo amici e non voglio andarmene col pensiero che tu ti metta di nuovo nei guai, o peggio. Perciò vorrei farti una proposta».

Modo lo aveva ascoltato senza lasciar trasparire l'inquietudine. La gente attorno continuava a bere e a mangiare, ridendo e scherzando come se non stessero correndo veloci tutti insieme verso il baratro.

Ricciardi aveva ripreso:

«Vieni con me. Sei ormai in pensione, non hai famiglia né relazioni. Al mio paese un bravo medico servirebbe, eccome. C'è aria buona, si mangia benissimo e il vino è ottimo. E poi Marta ti adora, le piace giocare con te; potremmo farci compagnia, belle passeggiate e un po' di serenità. Potremmo aspettare che le cose si mettano a posto, magari non ci vorrà molto, e tornare quando le acque si saranno calmate. Che ne dici?»

Modo lo aveva fissato a lungo. Poi gli aveva risposto:

«Povero amico mio. È incredibile quanto tu sia rimasto ingenuo, nonostante il male che ti è toccato di vedere. Non posso venire con te. E per due motivi. Il primo è che le acque non si calmeranno, le cose non si metteranno mai piú a posto. Quel pazzo seguirà l'alleato tedesco, dichiarerà guerra al resto d'Europa; e di là dal mare non resteranno inerti. Il disastro sarà inimmaginabile, oltre ogni tragica previsione. E non ci sarà angolo del pianeta, per quanto distante e in apparenza protetto, che resterà fuori da questo terribile terremoto –. Si era fermato per bere un sorso di vino, e a entrambi era parso spaventoso parlare di quegli argomenti mentre attorno la vita pareva scorrere serena, quasi il mondo fosse indistruttibile e il futuro identico al passato. Modo aveva continuato: – Il secondo motivo non può esserti sfuggito, ragion per cui ti ringrazio ancora di piú per la proposta, dal profondo del cuore. Il mio nome è noto a quella gente. Io sono di sicuro sorvegliato, come i miei compagni ai quali hai fatto riferimento. Venire con te significherebbe attirare ulteriore attenzione sulla tua famiglia, che ha già i suoi problemi da fronteggiare. Farebbero subito due piú due. So che lo sai anche tu, e ti sei assunto il rischio che io ti dicessi di sí. Sei piú pazzo di me insomma».

Ricciardi aveva posato una mano su quella dell'amico, stringendola forte. Poi si era alzato e se n'era andato nella notte.

Il dottore sospirò. Anche il piacere di un bicchiere di vino con un amico gli era stato tolto.

Una sirena annunciò l'entrata di una nave nel porto. Diede uno sguardo all'orologio poggiato sul tavolino, poi prese la penna e annotò qualcosa sul quaderno.

Da lontano, accennò al cameriere di portargli un'altra sfogliatella. Masticò con gusto l'ultimo boccone.

La parte piú calda dell'estate, indifferente alla politica, stava facendo ritorno.

IV.

Il vento e la pioggia martellavano le finestre serrate. L'uomo grasso, sdraiato su una *dormeuse* come un imperatore romano che stringeva un *bandoneón* al posto della lira, rabbrividí teatralmente quasi fosse esposto alle intemperie. La reazione si ripercosse sul doppio mento e sul ventre pingue, che tremolarono come dotati di vita propria.

– Mamma mia, senti che tempesta, *señora*! E siamo ancora in autunno, pensa quando arriverà l'inverno. E tu sei cosí pazza da metterti in viaggio proprio adesso.

La donna, che svolazzava raccogliendo indumenti e oggetti e stipandoli in un baule al centro della stanza, gli rispose distratta:

– Primo, non parto adesso ma fra due giorni; secondo, un po' di vento non è una tempesta e comunque finirà presto; terzo, nel posto dove vado sarà piena estate, come dev'essere nel mese di luglio. Dopo anni di stagioni invertite, costretta a tener presente che qui ogni cosa è al contrario, finalmente non sbaglierò a vestirmi. Sta' tranquillo, Diego. Andrà tutto bene.

Il musicista affondò mento, doppio mento e triplo mento nella pesante sciarpa che gli avvolgeva il collo.

– Il contrario sarà da te, piuttosto. E comunque ti ripeto per la decima volta che sei una povera pazza, Laura, a tornare nella tua folle parte di mondo proprio ora che c'è la guerra.

La donna rise, togliendosi una ciocca di capelli dalla fronte. Indossava una camicetta color avorio dal lungo colletto a punta e pantaloni grigi a vita alta. Il viso era arrossato dalla fatica, ma anche dall'eccitazione.

– La decima volta? Solo oggi, forse. Me lo hai detto *centinaia* di volte, Diego. Non mi dici altro da quando ti ho messo a parte delle mie intenzioni.

L'altro si strinse nelle spalle. Le dita arpeggiavano sui tasti dello strumento, producendo una melodia in sordina che faceva da accompagnamento alle parole.

– E allora? Un amico deve dire quello che pensa, se si tratta di far ragionare qualcuno. E a me sembra che tu abbia grandi difficoltà a ragionare, mia bellissima *señora*. Lo capisci, sí, cosa vuol dire ragionare? Si tratta di fare un ragionamento. Lo vuoi sentire, un ragionamento?

Laura si fermò, prese una sigaretta, l'accese e si lasciò cadere sulla poltrona di fronte all'uomo.

– E va bene, approfittiamone per riposarci un po'. Quale sarebbe questo ragionamento? Magari dopo tanti anni ho ancora difficoltà con la tua lingua e qualcosa mi sfugge.

Diego si tirò a sedere, facendo produrre al *bandoneón* un suono che pareva uno sberleffo.

– Non è forse vero che, soprattutto grazie all'immensa arte del sottoscritto, sei diventata una delle piú famose cantanti di Buenos Aires? Che l'immeritato successo lucrato sul mio sudore ti fa guadagnare talmente tanto da non avere piú problemi economici? Che il suddetto successo ti ha portato, oltre agli applausi e ai soldi, anche la venerazione di un quantitativo esagerato di ammiratori che ti riempiono il camerino di fiori puzzolenti, profumi scadenti, brutti gioielli e svariati ottimi liquori come questo?

Si interruppe, non per darle modo di rispondere bensí per sorbire un'abbondante sorsata dalla bottiglia che teneva accanto.

Laura fece un gesto vago.

– A parte l'inutile e falsa vanteria, visto che prima del mio arrivo facevi la fame, diciamo che è tutto vero. Vai avanti.

Il musicista arpeggiò soddisfatto.

– E non è forse altrettanto vero che hai fatto perdere la testa a Facundo Rubia, il miglior partito della città, che oltre a essere ricchissimo è anche bello, alto, atletico e di sicuro dotato di un fantastico...

Laura si finse scandalizzata.

– Smettila, o ti caccio di casa! Ma come ti permetti? E poi con Facundo è finita mesi fa.

Le dita suonarono maliziose.

– È finita perché *tu* l'hai voluta finire, *señora*. E da qui si capisce che sei pazza, perché qualunque donna e anche alcuni uomini, a cominciare dal sottoscritto, avrebbero dato una mano per essere al tuo posto.

Laura soffiò il fumo e spense la sigaretta nel posacenere.

– Va bene, va bene... Ma quale sarebbe il ragionamento?
Diego si fece serio, con un accordo in minore.
– Perché non puoi essere felice qua, Laura? Si può sapere che ti manca? In fondo da qualcosa devi essere fuggita, giusto? Qualcosa che ti ha fatto decidere di spingerti fin qui. Questa terra ti ha dato la musica, il successo, l'amicizia e persino l'amore. Come mai te ne vuoi andare?
Laura lo fissò, muta. Il viso dell'amico esprimeva desolazione e tristezza. Comprese che gli sarebbe mancata, e pure quanto quel musicista grasso e ubriacone le fosse affezionato. Si avvicinò e gli sfiorò una guancia.
– Lo sai che mi sei caro. E ciò che hai detto è la verità, non ho difficoltà ad ammetterlo. Sono e sarò per sempre grata a te, alla città e alle persone che ogni sera vengono ad ascoltarci. Ma io non sono una donna completa, cosí lontana dalla terra dove sono nata. Io... io sento il bisogno di tornare. È come una spinta, un fatto fisico, concreto, capisci? Il ragionamento, la testa, la volontà non c'entrano.
Diego abbassò lo sguardo. Sembrò accorgersi solo allora di avere lo strumento in mano. Le dita abili proseguirono il movimento e la stanza si riempí di tango.
Laura avvertí la carezza di quella melodia intrisa di nostalgia e dolore, insieme al brivido che quel suono le procurava ogni volta.
Diego riprese a parlare.
– La conosci, no? *Volver*. Non è nel nostro repertorio, è troppo... maschile per farla cantare a te. Ed è

anche troppo nella memoria recente di Carlos Gardel e Alfredo Le Pera. Non mi piace proporre le canzoni che hanno composto per i film, mi sembra di speculare sulla loro morte. Ma *Volver* è speciale, non credi? Forse in questo brano c'è il senso di ciò che stai facendo tu.
– Diego, ti ho appena detto che il senso non c'è. Non è per un ragionamento che...
– Alfredo aveva scritto qualche frase, lavoravano cosí, la stella era Carlos, sulla sua musica si cucivano le parole. Vinceva la musica, con Gardel. Era la sua musica che la gente voleva. Ma quella volta Alfredo... Lui evocava la sua donna perduta, ricordi? La ballerina che aveva sposato e che una malattia oscura gli aveva strappato via. E allora Alfredo scrisse del ritorno. Ed era un finto, inutile ritorno, perché sapeva che non c'era niente nel luogo in cui andava. Né lei né l'amore, né gli anni che erano fuggiti.

Laura protestò.

– Non è cosí. Io torno nella terra dove è sepolto mio figlio, dove ho conosciuto l'amore, dove ci sono i miei genitori, non lo capisci? Io voglio tornare dove...

Le braccia si allargarono sul *bandoneón* per dare maggiore intensità al suono. E le labbra di Diego cantarono:

Ho paura dell'incontro
con il passato che ancora una volta
si confronta con la mia vita.
Ho paura delle notti
che, popolate di ricordi,
incatenano i miei sogni.

*Ma il viaggiatore che fugge
prima o poi interrompe il suo cammino
e benché l'oblio, che tutto distrugge,
abbia ucciso la mia vecchia illusione
tengo nascosta un'umile speranza
che è tutta la fortuna del mio cuore.*

Si interruppe, mentre le dita non smettevano di suonare. Laura si accorse che l'amico stava piangendo, mentre sorrideva.

– Eccolo il senso, no, *señora*? L'umile speranza, che è tutta la fortuna del tuo cuore. L'hai tenuta lí, in questi anni in cui sei stata Laura e non il vero nome che hai, qualunque esso sia. È lei, *la otra*, l'altra te che ti porta via. Non è cosí?

La donna andò alla finestra a guardare il vento che urlava per strada. È inverno, ma il mio cuore sta lasciando la sua primavera e vuole un'altra estate. L'umile speranza, che è tutta la fortuna del mio cuore.

Restò a lungo immobile, ascoltando il lamento del *bandoneón* e pensando che avrebbe rimpianto quella musica, ma che l'avrebbe ricordata per sempre.

Poi piano, tanto che a Diego quasi sfuggí, disse alla pioggia:

– Livia. Il mio nome è Livia.

Il vento tacque, e la musica continuò.

v.

Sarebbe stata un'impresa impossibile o comunque titanica per chiunque: non per Nelide Vaglio, governante a largo raggio della famiglia Ricciardi di Malomonte.

Non era stata progettata per le lamentele o la rassegnazione, né per qualsiasi forma di sgomento: Nelide affrontava l'esistenza a testa bassa. Una volta fornitole un obiettivo, lo perseguiva con determinazione; e poveri gli ostacoli che le si frapponevano. Per cui organizzare un trasferimento in meno di due giorni, collaborando anche a quello di un'altra famiglia, era stato senz'altro alla sua portata.

Il signorino l'aveva chiamata una sera, dopo essere uscito dalla camera di Marta dove si era recato per dare la buonanotte alla bambina, uno dei rari momenti di intimità tra padre e figlia dai quali Nelide era esclusa per tacito accordo. Si era seduto in salotto, aveva alzato il volume della radio e le aveva fatto cenno di avvicinarsi. Nelide aveva subito compreso che Ricciardi aveva timore di essere ascoltato, per cui si era guardata attorno accigliata: le finestre erano chiuse e non c'era nessuno oltre a loro. Forse, aveva pensato, lui non

voleva che la piccola si svegliasse e sentisse quello che aveva da dire alla governante.
Il signorino le aveva comunicato che di lí a due giorni, la domenica mattina presto, sarebbero partiti tutti per il Cilento. Ricciardi, Marta, i suoceri. Si sarebbero mossi con delle automobili pubbliche che aveva già prenotato. Lo spazio nelle vetture sarebbe stato scarso, quindi avrebbero dovuto recare con sé l'essenziale. Ricciardi le aveva fornito indicazioni precise: pochissime delle proprie cose, molte di quelle di Marta, perché non voleva toglierle riferimenti.
Nelide aveva annuito. Non stava a lei approfondire i come e i perché. Si era limitata a chiedere quando sarebbero tornati. Ricciardi l'aveva fissata senza rispondere, e lei aveva annuito di nuovo. Poi il signorino le aveva raccomandato silenzio assoluto fino alla partenza: tutto avrebbe dovuto continuare come sempre. E soprattutto, nessuno avrebbe dovuto sapere del trasferimento. Nessuno. Era chiaro?
A Nelide era stato chiaro. E mai avrebbe disobbedito a un ordine del barone di Malomonte.
In quei due giorni aveva selezionato indumenti, giochi e libri da portare via. Nella seconda automobile avrebbe viaggiato lei stessa con i bagagli. Era andata anche nella casa dei Colombo, nel palazzo di fronte, per dare una mano alla signora Maria che le era parsa pallida e tirata e ogni tanto le tremavano le labbra, ma non aveva mai fatto cenno a quanto stava accadendo.
Siccome le era stato detto di comportarsi come sempre, Nelide si era pure incamminata verso il mercato.

E quando si era ritrovata davanti alla bancarella del fruttivendolo, aveva tirato dritto. Tanino 'o Sarracino, il piú affascinante degli ambulanti, decantava la qualità sopraffina della propria merce davanti a un pubblico di donne adoranti; e appena l'aveva vista passare si era zittito e l'aveva chiamata.

Nelide l'aveva ignorato e, incassando la testa nelle spalle, aveva accelerato l'andatura dondolante ma decisa. Le donne che stazionavano davanti alla bancarella si erano date di gomito, non capacitandosi della passione del bel Tanino per quella specie di ruvido scimmione cilentano. Dev'essere ricchissima, aveva commentato una; se lo è, non sa per niente spendere, aveva ribattuto un'altra, mentre gli occhi neri e dolenti del fruttivendolo guardavano la schiena curva della ragazza scomparire nella folla.

La ragazza non aveva dato mostra di essersi accorta del richiamo del giovane, né della reazione dell'uditorio femminile. A voler approfondire la questione, però, era stato lo spettro di sua zia Rosa, la precedente governante di Ricciardi, defunta ma non per questo assente, la quale nei momenti topici si presentava alla nipote per dare indicazioni non richieste sulla gestione del ruolo.

«Allora? Come ti senti? Sei contenta di tornare a casa, o avresti piuttosto voluto restare in città?»

«Io faccio il servizio mio, zi' Ro'. Dove lo faccio lo faccio, è la stessa cosa».

Erano tempi difficili e non era raro vedere gente camminare per strada parlando da sola, ragion per cui la ragazza non attirava piú di tanto l'attenzione. La deceduta Rosa, sfiorando leggera il suolo, aveva borbottato:

«Non prendermi in giro, *guaglio'*: non ti scordare che io sto nel mondo della verità. Tu tieni qualcosa in testa, e quel fruttivendolo secondo me c'entra. No?»

La ragazza aveva emesso un grugnito.

«E se state nel mondo della verità, quello che dovete sapere lo sapete. Che me lo chiedete a fare? *Nun conta e nu' sconta*».

«Niente proverbi con me, *guaglio'*, è inutile. Rispondi: c'entra qualcosa, il fruttivendolo?»

Nelide aveva scrollato il capo, con lo stesso piglio di un bue che scaccia una mosca.

«Voi mi avete dato il servizio, zi' Ro'. Io ho detto sissignora, e una volta si parla. Il servizio mio io lo terrò fino all'ultimo respiro, come avete fatto voi».

Rosa aveva assentito, continuando a fluttuare al fianco della nipote con le mani intrecciate sul ventre prominente, come faceva da viva quando si prendeva un po' di riposo tra una faccenda e l'altra.

«E qual è il servizio tuo, *guaglio'*? Ripetimelo, cosí vedo se te lo ricordi».

Nelide si era fermata di botto, facendo rovinare a terra una donna che le procedeva dietro gravata da una voluminosa sporta di verdure.

«La salute e la contentezza della baronessa Marta. La salute e la contentezza del barone, il signorino mio».

Rosa aveva soggiunto, seria:

«E?»

«La forza della casa dei baroni di Malomonte. Che nessuno ci deve nemmeno pensare, di rubare quello che gli è dovuto».

«Brava, *guaglio'*, proprio cosí. Perché tu lo sai, tengono i pensieri loro che sono troppo complicati per quelle come me e te. Ma proprio per questo, non hanno attenzione per le cose della vita. A quelle ci dobbiamo pensare noi. È chiaro?»

Nulla a Nelide era piú chiaro di questo, quindi aveva fatto segno di sí.

Rosa aveva proseguito:

«Perciò, a Fortino devi prendere la casa in mano. È grande e ci lavorano sette persone, però non *faticano* volentieri, le devi mettere sotto sferza. Poi ci sarà la suocera del signorino, che ha bisogno di sentire che comanda lei. Tu le devi far sembrare che è cosí, ma poi si deve fare come dici tu, perché sei tu quella che sa come funzionano la casa e il paese. Siamo d'accordo?»

Nelide aveva ripreso il cammino a velocità sostenuta.

«Sissignora, zi' Ro'. E poi ci sta la baronessa, sempre una bambina è. Quella è una preoccupazione. E se non sta bene? Se non si trova?»

«No, stai tranquilla. Vedrai che avrà la compagnia giusta. Non ti preoccupare».

Nelide aveva assentito. E qualcosa dentro le aveva detto che era una fortuna che persino i fantasmi, pur stando nel mondo della verità, si distraessero e cambiassero discorso.

Quando il discorso si faceva scomodo.

VI.

Una cosa era certa: Marta era felice, e per una serie di motivi.

Il primo era che aveva sei anni, e se non si è felici a sei anni allora ci dev'essere un problema. Ma lei, Marta, di problemi non ne aveva. Era nell'età delle continue scoperte, dell'entusiasmo e dell'ottimismo; e il fatto che di lí a pochi giorni, il 7 per la precisione, sarebbe caduto il suo compleanno le infondeva una frenesia che stentava a contenere.

Il secondo motivo era Fortino. Il suo papà gliene aveva parlato tanto; e anche Nelide, quando Marta riusciva a estorcerle qualche discorso un po' piú lungo di un proverbio, le raccontava cose di animali e piante e sole e vento che la facevano sognare. E adesso era proprio là, e aveva appreso di essere una specie di principessa che tutti salutavano con un inchino e togliendosi il cappello, abitando lei in un castello antico con le finestre ad arco e tante cantine e soffitte da esplorare; e dormiva in un letto talmente alto che doveva salirci con uno sgabello, con le tende attorno che se voleva poteva chiudere per non essere vista.

Il terzo motivo era la sua intelligenza. Marta era una bambina speciale. Era ancora nella fase in cui si crede alle favole ma si comincia a capire quanto di bello può riservare la vita reale, specie in campagna, dove si possono accarezzare i musi degli asini e la lana delle pecore, e si può andare con una delle serve a prendere le uova calde nel pollaio, e bere il latte appena munto.

Certo, qualche piccolo impedimento alla felicità c'era. La sua mamma anzitutto, che non aveva mai conosciuto ma era molto presente nella sua esistenza. Il papà e il nonno gliene parlavano di continuo; e Nelide, se voleva che facesse o non facesse qualcosa, le diceva: guarda che la tua mamma ti vede, da dove sta adesso.

La nonna, invece, non gliene parlava mai. Ma capitava che facesse gli occhi pieni di lacrime e scuotesse la testa, e Marta capiva che stava pensando quello che pensavano tutti, che lei alla sua mamma assomigliava tanto, ma proprio tanto, e man mano che cresceva le assomigliava sempre di piú.

E poi, non aveva fratellini. Vedeva che gli altri bimbi ne avevano, e correvano insieme mentre giocavano, e sembravano uguali agli stormi di uccelli che volavano via dalle cime degli alberi quando il sole calava. Avrebbe voluto unirsi a loro ma la nonna e Nelide non volevano, e si era comunque accorta che i bambini provavano disagio appena lei si avvicinava, quindi se ne stava per conto suo ma la tristezza passava in un attimo, in mezzo alle infinite cose che c'erano da esplorare.

Anche il papà le pareva piú contento, a Fortino. Ogni mattina facevano una passeggiata in paese, e la piccola si divertiva un mondo a vedere come la gente si scappellava al passaggio dei due Malomonte. Marta aveva notato che il padre aveva preso a parlare come loro, in una lingua di cui la bambina capiva poco ma che aveva un suono dolce e veloce, simile a una musica per ballare. Secondo lei questo per il papà era un fatto buono, come un ritorno a casa. Si chiedeva quanto ci avrebbe messo a imparare quella lingua, e il papà le aveva detto che sarebbe successo presto, perché ce l'aveva nel sangue.

E poi c'era Filomena.

L'aveva incontrata subito dopo l'arrivo, quando aveva chiesto a Nelide di fare un giretto per vedere quello che c'era nei giardini attorno al palazzo. Era una bella mattina di primavera, l'aria era limpida e calda e profumava di fiori. La ragazza aveva detto che era meglio di no, non stava bene che una bambina si avventurasse da sola in mezzo alle piante e ai rovi, gli insetti potevano attaccarla, e in certi punti soffiava il vento e si poteva ammalare, e cose cosí.

Però c'era Ricciardi che passava con un libro in mano, e aveva detto che non c'era nessun pericolo, bastava non uscire dal portone che dava sulla strada principale: lui, all'età di Marta, giocava tranquillo in giardino da almeno un anno. In realtà la solitudine della bambina era una delle sue principali preoccupazioni, e non voleva farla sentire in prigione.

Marta allora era uscita felice, e non si era accorta che, dopo un cenno d'intesa col barone, Nelide si era messa a seguirla a distanza, pronta a intervenire in caso di pericolo. La passeggiata pomeridiana era cosí divenuta un'abitudine che la piccola aspettava con gioia.

Il terzo giorno si era spinta al limite del poggio, una specie di collinetta dalla quale si vedeva la valle. In cima, un grande ulivo dalla chioma foltissima regalava ombra anche quando il sole bruciava forte. Marta si era avvicinata, attratta proprio dall'assenza di luce, e solo quando le era stata quasi addosso si era resa conto che accanto all'albero sedeva una persona.

La bambina non si era spaventata, anzi, aveva fissato incuriosita quella strana presenza. Era una donna assai anziana, appollaiata su una sedia ben piantata nel terreno. La testa avvolta in un fazzoletto, teneva il capo chino su un recipiente in cui finivano i fagioli che sbucciava rapida, prendendoli da una cesta poggiata ai piedi. I gesti veloci e precisi che si ripetevano senza sosta avevano un effetto ipnotico, e Marta era rimasta a guardare a bocca aperta senza che la vecchia mostrasse di aver notato la sua presenza.

All'ombra dell'ulivo, il frinire delle cicale, il canto degli uccelli, tutti i suoni e tutti i rumori sembravano ovattati. Il tempo stesso pareva sospeso.

A infrangere l'incantesimo era giunta Nelide, sbucando dalle foglie di una siepe naturale.

«Barone', mi avete fatta spaventare, non vi trovavo piú. È ora di fare la merenda».

Marta aveva indicato la vecchia.

«Nelide, ma la vedi questa signora? Non è stranissimo, che stia qui?»
«E certo che la vedo, barone'. Che vi credete, che sono *cecata*?»
«E non è strano, che sta qui da sola? Forse si è persa, forse ha bisogno d'aiuto».
Nelide aveva fatto una smorfia, che nel suo codice equivaleva a una grassa risata.
«Ma chi, zi' Filumena? Figuratevi, barone'! Questa conosce ogni angolo della casa. È la mia zia piú vecchia, nessuno lo sa quanti anni tiene. State tranquilla, non ha bisogno di niente, si mette qua sempre, questo è il posto suo. Mo' andiamo in casa, ché dovete fare la merenda».
Marta non sembrava intenzionata a liquidare la questione.
«Non è beneducato andarcene senza dirle niente. Me la dovresti presentare, cosí almeno quando vengo qui non si spaventa. Per favore, Nelide. Per favore!»
La ragazza aveva sbuffato, le mani sui fianchi.
«Barone', zi' Filumena non sente e non parla. È nata muta e sorda. Per questo i vostri nonni presero a zi' Rosa, che era piú giovane, altrimenti pigliavano a lei. Quindi andiamo, non perdiamo tempo».
La bambina non era disposta a cedere.
«E che vuol dire, scusa? Che se una persona non può parlare né sentire non ha diritto a essere salutata? Per favore, presentami. La voglio conoscere, questa tua zia».
«E va bene, barone'. Come volete voi. Però poi torniamo subito a casa, d'accordo?»

Aveva preso Marta per mano e l'aveva portata davanti alla vecchia. La donna aveva fissato entrambe, poi si era concentrata su Nelide, la quale aveva sillabato comica:

«Zi' Filume', questa è Marta, la baronessa di Malomonte. Vi vuole conoscere. Ve la posso presentare?»

La vecchia era rimasta impassibile. Marta aveva fatto un passo in avanti ed eseguito una riverenza.

«Buon pomeriggio, signora zi' Filumena. Piacere di conoscervi».

La vecchia non aveva mutato espressione. Nelide aveva sospirato:

«Ecco, abbiamo fatto le presentazioni, mo' ce ne possiamo tornare».

E si era avviata verso il palazzo. Marta aveva agitato la manina verso l'anziana e aveva seguito la governante.

Non aveva fatto due passi che nella testa aveva sentito: *arrivederci, piccola baronessa Marta. Torna a trovarmi. Ne sarò felice.*

E la bambina aveva sorriso.

VII.

Procedendo svelto lungo il muro, nel buio, il dottor Modo rifletteva su quanto in fretta la gente ignorante e abituata alla sopraffazione fosse in grado di assuefarsi alla privazione della libertà. In fretta e con un certo piacere, addirittura. Aveva incrociato un gruppo di ragazzini che contrastavano l'oscuramento con le pile a dinamo – quelle che si attivavano con una specie di manovella, emettendo un ronzio simile al frinire delle cicale – e si divertivano a puntare l'esiguo fascio di luce sulle gambe delle ragazze che camminavano spedite per tornare a casa. Ridevano loro, ridevano le ragazze; e ridevano pure i vecchi seduti all'esterno dei *bassi* per trovare sollievo al caldo feroce di quell'estate di inizio guerra.

I dialoghi a cui assisteva per strada, nelle botteghe sfornite di tutto, nei mercati asfittici, erano improntati a un ottimismo folle. Finirà presto, vedrete, siamo troppo piú forti noi e la Germania. Diventeremo piú ricchi, vedrete, sarà come con l'Africa. Siamo i piú fortunati, vedrete, perché abbiamo il porto. Vedrete.

Eccome, pensò Bruno mentre cambiava direzione e si infilava nel reticolo dei Quartieri spagnoli. Eccome, se vedrete. Moriranno figli, padri, fratelli e mariti in fronti lontani. Io lo so, l'ho già visto accadere. E vi porteranno la morte e la distruzione fin qui, proprio per il vostro bel porto, uno degli obiettivi strategici piú importanti. Ma prima, e vedrete anche questo, diventerete sempre piú poveri e affamati, perderete la dignità per la disperazione di sopravvivere, come i topi che infestano le vie e le case.

L'irritazione che provava per l'adesione ottusa e fiduciosa al regime lo spingeva a domandarsi il motivo di tanto affannarsi per cercare di salvarli. Valeva davvero la pena di rischiare la libertà, e forse persino la vita, contro quel maledetto piano inclinato che sembrava condurre a un destino inevitabile?

Cambiò vicolo. Man mano che si inoltrava nel ventre della città, lo squallore e il degrado si facevano evidenti. Erano in vigore le norme per l'oscuramento totale, e nessuna luce doveva trasparire dalle finestre di casa. Però faceva caldo e le persiane erano socchiuse, eppure non si sentiva parlare o ridere. Le pentole in rame erano state consegnate, moltissimi giovani erano stati chiamati alle armi e non si conosceva la destinazione né la data dell'eventuale ritorno. Ma già il ritorno, disse fra sé il dottore, sarebbe stato un ottimo risultato.

Pensò alle tavole dietro quelle finestre; a come fosse diventato tutto un lusso, la carne, la frutta, il sapone. L'odore prevalente era di cipolla: il piú povero, il meno nutriente dei cibi. Vedrete, pensò Modo.

Giunto a metà di un vicolo in salita, entrò in un portone semiaperto. Cercando di attutire il rumore dei tacchi sulle pietre dell'androne, attraversò il cortile e si infilò in una stretta intercapedine al termine della quale c'era una ripida rampa di scale. Scese con difficoltà, sbucando in un ambiente fetido di muffa e umidità nel quale si respirava a stento.

Due candele rischiaravano i volti spettrali di una decina di uomini tra i venti e i settant'anni, seduti intorno a un tavolo. Due di loro, riconosciuto il dottore, riposero le rivoltelle. Modo li sferzò:

– Che dite, corro pure il rischio di essere sparato dai miei compagni?

Uno dei due armati, un tipo sui quaranta dai baffi folti, fece una smorfia.

– Si era convenuto un fischio prima di entrare. Non te lo ricordi?

Bruno rise amaro.

– Che, come già vi dissi all'epoca, mi sembra una fesseria. Camminiamo sulle punte per non fare rumore, non chiudiamo il portone per non doverlo aprire, ci muoviamo di notte come ratti, e poi avvisiamo tutto il vicinato con un bel fischio.

L'uomo a capotavola picchiettò sul ripiano.

– Non perdiamo tempo in chiacchiere. Siediti, dottore, e versati un bicchiere di vino. Aspettavamo te per iniziare.

C'erano una caraffa di rosso e pochi bicchieri, per cui uno allungò il proprio al medico. La persona che presiedeva l'incontro aveva un accento diverso e Bruno la conosceva bene. Era Cesare Severi, il collega romagnolo venuto in affiancamento in ospedale in previsione del suo pensionamento, e che lui aveva immaginato essere un infiltrato dell'Ovra salvo scoprire che era l'esatto contrario.

– Allora? Quali novità abbiamo dall'osservazione del porto? Hai approfittato del tuo dolce far niente da anziano pensionato?

Ci fu qualche risatina nervosa. Già da alcuni mesi il buonumore era scemato, sostituito dalla rabbia, dalla preoccupazione e dalla determinazione a opporsi a quanto accadeva. O almeno a provarci.

– Valgo piú io da pensionato che un plotone di quei porci, statene certo. E anche di voi, giovani debosciati e senza coraggio –. Tirò fuori il quaderno e illustrò l'evidente intensificarsi di arrivi e partenze delle navi da guerra. – C'è movimento, sí. E secondo me fanno uscire poco i marinai, avete fatto caso che ce ne sono di meno in giro, perfino nei bordelli e nei cinematografi? Eppure dovrebbero essere assai di piú, dato il quantitativo di imbarcazioni.

Severi confermò.

– Risulta anche a me. Ed è proprio di questo che dobbiamo parlare stasera. Prima però volevo sentire qualcosa sullo spirito della gente. Salvo?

L'uomo baffuto si schiarí la voce. Avevano scelto di non usare i cognomi tra loro, e Modo sospettava che perfino i nomi fossero falsi. C'era sí la volontà di impedire che le cose precipitassero, ma unita a quella di non lasciare le famiglie senza sostentamento.

Salvo veniva dalla zona est, che era a forte vocazione industriale. Però rappresentava al contempo gli

operai dell'acciaieria grande, che si trovava dall'altra parte della città.
– Il malumore cresce, l'annuncio che ai richiamati alla leva il posto di lavoro al ritorno non sarà garantito è stata una mazzata. Non solo vai in guerra e magari ci rimetti le penne, ma se la scampi torni e muori di fame. Anche i piú fedeli vacillano.
Severi reagí come fosse una nota positiva. E in parte lo era. Si rivolse allora a un tipo dalle spalle enormi e la faccia truce.
– E che si dice al mercato, Giovanni?
– Non arriva niente, i banchi sono vuoti. Le persone faticano ad andare avanti. Si coltiva qualcosa sui balconi, le famiglie hanno cominciato a tenere galline e maiali in casa. In compenso, la borsa nera fa affari d'oro sulla pelle degli affamati.
Severi giocherellava con gli occhiali che teneva in mano.
– Sí, è vero. Ed è lo stesso con i medicinali, che scarseggiano in maniera drammatica pure in ospedale. E i pescatori, Matteo? Che notizie da Mergellina, da Pozzuoli...
Un giovane magro dal prominente pomo d'Adamo intervenne, pacato.
– E che si deve dire, dotto'? Le barche devono andare a vela o a remi come trent'anni fa, non ci sta la benzina per i motori. E ci sta paura, perché come sapete l'unico morto nel bombardamento del 13 di giugno è stato proprio uno di noi, travolto dall'onda dell'esplosione in mare. Senza contare che l'andirivieni delle

navi da guerra spaventa i pesci e mette di malumore le nostre donne.
Tacquero. Ognuno rifletteva sul fatto che la condizione era comune, benché vissuta in zone diverse della città.
Bruno si accalorò.
– Dovremmo approfittarne. Far capire alla gente che le promesse di benessere sono una presa in giro. Che la scelta è tra morire in battaglia e morire di fame.
Severi rispose:
– Gli amici di Roma mi hanno fatto giungere una notizia che potrebbe essere interessante, in tal senso.
Un uomo di mezza età dagli occhiali cerchiati in oro, conosciuto come il Professore, chiese:
– Davvero? Che notizia?
– Pare che dal porto debbano partire due convogli carichi di materiale bellico per il fronte africano. Come sapete, l'Africa è di competenza italiana in questa scellerata alleanza. Il primo salpa a fine mese e va a Tripoli, una specie di operazione pilota.
Matteo disse, piano:
– Ecco perché tutte quelle navi vanno e vengono. Scaricano questo materiale.
Severi si strinse nelle spalle.
– È probabile. Ma a noi importa il secondo convoglio, quello diretto a Bengasi che parte una settimana dopo. Quello piú grosso.
Il Professore si sporse in avanti. La luce delle candele lo illuminava dal basso, rendendo la faccia simile a un teschio.

– Perché ci interessa?
Severi si guardò attorno, per essere certo di avere l'attenzione di tutti.
– Da Roma mi dicono che sulla seconda partenza si concentra un'attenzione enorme. I tedeschi osservano ciò che il nostro governo militare fa, perché sospettano che non siamo in grado di assumerci tutte le responsabilità che il Pazzo millanta di poter fronteggiare. Ragion per cui manderanno un paio di altissimi gerarchi a vigilare sul perfetto andamento dell'operazione; e con loro addirittura Heinrich Simon. In persona.

Salvo e Giovanni si scambiarono un'occhiata.
– Chi?

Bruno sussurrò, colpito:
– Un pezzo grosso del Partito nazionalsocialista. Uno dei massimi esponenti del Reich.

Il silenzio che seguí fu talmente profondo che si sentirono i topi zampettare dietro la parete.

Poi il Professore chiese:
– E... ma perché ci interessa? Che possiamo...

Severi parlò con la stessa tranquillità con la quale avrebbe pianificato un pranzo in campagna.
– Possiamo fare un attentato.

VIII.

A un certo punto della notte, Ricciardi sognò.
Non accadeva spesso, o almeno non ricordava mai che sogni avesse fatto. Aveva sempre pensato che fosse perché la sua vita era già una specie di sogno a occhi aperti. Quantomeno lo era una parte di essa, quella popolata dagli incubi che gli si presentavano a ogni angolo di strada, o in tranquilli appartamenti che tutto sembravano fuorché luoghi di morte.
Eppure quella notte, mentre un vento lieve agitava le tende che ondeggiavano pigre nel buio, Ricciardi sognò. E sognò di essere di nuovo bambino, in pugno un pezzo di legno a mo' di scimitarra. La visione era talmente viva da fargli sentire il peso dell'arma e la sua superficie ruvida. Aveva una fionda nella tasca dei calzoncini, vedeva le ginocchia sbucciate dalle cadute e medicate da Rosa, che brontolava e lo aiutava a nascondere le ferite alla madre.
Doveva andare in un posto, nel sogno. Ne era terrorizzato, la paura lo paralizzava. Ma era un obbligo, un ordine di qualcuno, anche se non avrebbe saputo dire di chi: sapeva solo che ci doveva andare.

Era imprigionato nel proprio corpo di bambino, ma con la consapevolezza dell'adulto. Il bimbo del sogno sapeva che, se non si fosse recato nel luogo stabilito, sarebbe toccato a Marta; e Ricciardi era disposto a morire, purché alla figlia non toccasse di vedere ciò che toccava di vedere a lui. Non bastava che per grazia di Dio la piccola fosse anche in quello come la madre. Nel sogno, o Ricciardi o Marta. Il sacrificio era necessario.

Si avviò quindi – nel caldo di un pomeriggio estivo vecchio di trentaquattro anni – nel giardino del palazzo, fino al vigneto sul limitare del possedimento.

Sapeva a cosa andava incontro, ma le gambe no, e correvano spensierate e felici verso l'abisso. Verso la vita che sarebbe cambiata, verso un mondo che non sarebbe mai piú stato uguale.

Giunse a destinazione, sperando che il cadavere, il primo morto che gli aveva rivolto la parola, la prima finestra che gli si era aperta sull'inferno, fosse scomparso. Che non fosse mai esistito. Che lui fosse libero, e che liberando sé stesso avesse liberato anche la figlia.

Invece c'era.

Vestito con abiti adatti all'inverno, e non all'estate che era. Seduto sotto un tralcio, la schiena rigida, le braccia lungo i fianchi, le mani a terra sui dorsi. I pantaloni legati con uno spago. E un coltellaccio che gli spuntava dal fianco, e il sangue che lordava la camicia, e la pozzanghera scura al suolo.

Nel sogno aspettò che gli parlasse, che gli dicesse come allora: *perdio, non l'ho nemmeno toccata la tua donna*. E invece l'uomo lo fissò con lo sguardo vuoto e gli disse: *ti sembra giusto? Tutti quei morti ammazzati, e io ancora senza giustizia.*

Non si capacitava, né dentro né fuori del sogno. Chiese all'uomo: la mia bambina? È salva, la mia bambina?

Avvertí una presenza alle spalle, e fece per voltarsi. Ma, come succede nei sogni, non ce la faceva. I muscoli erano intorpiditi, privi di forza.

Riuscí a girare appena la testa, e intravide Enrica. Il profilo, gli occhiali, la linea del collo. Era lei. E sul lato opposto un altro profilo, i capelli striati di grigio, il naso affilato cosí simile al proprio.

Sua madre. Gli disse: ha ragione, non credi? Forse è il momento di chiudere anche questo conto, figlio mio.

Lui rispose: mamma, io devo occuparmi della mia bambina. Non lo sai? Non lo comprendi?

Enrica disse, col tono paziente di una maestra che si rivolge a un alunno un po' tardo: infatti è cosí. Non capisci che è la stessa cosa?

Si svegliò di soprassalto, e c'era già il sole.

A colazione fu piú taciturno del consueto.

Il suocero dovette porgli a piú riprese la medesima domanda, qualcosa in merito al fatto che, con i quotidiani che arrivavano il giorno successivo e gli eventi che precipitavano di ora in ora, l'unico legame con la realtà era la radio, che per Giulio non era il massimo dell'attendibilità. E Marta raccontava quant'era bello il giardino, e quanti fiori ci fossero, e quant'era profumata l'estate.

Maria, la suocera, lo scrutava. Percepiva un disagio, un malessere; e temeva che il genero le nascondesse qualcosa.

Dopo qualche cortese ma distratta risposta, Ricciardi si alzò, chiese scusa e disse che doveva occuparsi con urgenza di alcuni affari. Uscí, e percorse il tragitto che aveva fatto in sogno e in un luglio vecchio di trentaquattro anni, e poi mai piú.

Non si sorprese di trovare tutto piú piccolo, le distanze piú brevi. Solo l'aria non era cambiata, calda e greve, odori marci misti a profumi, fiori morti ed erbe vive. Incredibile come il naso ricordasse meglio degli occhi.

Il sentiero aveva un'ultima curva, prima di arrivare nel punto esatto. Ricordò che una lucertola lo aveva guidato inconsapevole fin là, facendosi inseguire come il mostro che quel bambino aveva immaginato fosse. In un lampo, rifletté che magari la lucertola non era inconsapevole. Magari alcuni animali avevano le sue stesse visioni. Magari l'animale era lui.

Si accorse di essere sudato, ma non avvertiva il caldo. Il frinire delle cicale si era fatto assordante, insieme al battito del cuore.

Soltanto adesso gli era chiaro che per l'intera esistenza aveva avuto paura di quel momento. Gli altri innumerevoli morti che aveva incontrato gli avevano trasmesso malinconia, tristezza, dolore, compassione. Ma non paura.

Non *quella* paura.

Pensò a Marta, e girò l'angolo.

Non c'era niente. Nessuna immagine, nessuna frase. Nessun sentimento di estrema pena. Niente di niente. C'erano le viti gravide di grappoli. C'erano le api che ronzavano in cerca di fiori. C'erano due lucertole che, appena lui mosse un passo, si diedero alla fuga in mezzo alle piante. E c'era l'ombra. E il posto dove il morto si era seduto per morire, che aveva visto per trentaquattro volte alternarsi caldo e freddo, pioggia e neve, vento e sole.

Ricciardi aspettò che il respiro tornasse normale, che il cuore riprendesse il battito. Tutti quegli anni. Era partito da lí, per tornare proprio lí.

Si guardò intorno. Si fece qualche domanda che in quegli anni non si era mai fatto. Perché là? Come ci era arrivato, in quel posto? Chi era stato a raggiungerlo? Di chi era il coltello? Chi era la donna che aveva nominato? E come si chiamava?

E infine: chi lo ha ucciso? E perché?

Gli risuonò in mente la frase del sogno, con tale chiarezza che di nuovo il cuore si fermò, come se ci fosse ancora il cadavere che gli parlava.

Tutti quei morti ammazzati, e io ancora senza giustizia.

Pensò che no, non era giusto.

Pensò che glielo doveva, a quel cadavere con un coltellaccio da potatura che gli spuntava dal fianco.

E pensò che no, non sarebbe stato libero se avesse scoperto perché era morto; ma se lo avesse sognato ancora, almeno avrebbe saputo cosa rispondergli.

Si voltò e tornò verso casa.

IX.

Le parole di Severi erano esplose nel locale interrato come una bomba. Nessuno aveva detto niente, nessuno aveva emesso un suono, nessuno aveva guardato gli altri. Gli occhi di ciascuno erano rimasti sul medico, che se ne stava tranquillo con un mezzo sorriso sulla faccia e le dita che continuavano a giocherellare con gli occhiali.

Il primo a ritrovare la voce fu il Professore. In passato lo stesso soprannome era stato assegnato a un filosofo che era il teorico del gruppo, scomparso nel nulla come tanti. Questo, invece, era un semplice insegnante di liceo che non brillava per iniziativa, benché essere lí fosse già un atto di coraggio.

– Un attentato? Avete detto «attentato»? Che significa, un attentato? E chi lo dovrebbe fare, questo attentato?

Matteo, il pescatore, lo placò.

– Professo', non è che a forza di ripeterla la parola cambia significato. Abbiamo sentito tutti quello che ha detto il dottore: un attentato. Al limite la domanda sarebbe: che attentato?

Bruno Modo era sorpreso, e non in negativo. Era sempre stato convinto che quelle riunioni non sarebbero mai andate al di là della presa di coscienza, al limite della stampa di qualche volantino da distribuire di nascosto nelle assemblee pubbliche, giusto per far capire che esisteva qualcosa di diverso dal pensiero dominante, a volerlo definire pensiero. E adesso quel salto si compiva addirittura per bocca di Cesare Severi, non certo l'estremista del gruppo. Voleva dire che qualcosa si muoveva. Il che era un bene, perché ci si apriva alla concretezza; ed era un male, perché voleva dire che la situazione era disperata.

Severi spiegò:

– Un gesto forte, simbolico e dimostrativo. Un gesto che vada sui giornali, anche se i giornali sono controllati dal partito. Un gesto che dica alla gente che le cose possono cambiare. Che non è detto che l'Italia voglia andare in guerra. E soprattutto che questa folle alleanza ci porterà alla distruzione.

Il Professore cercava di riguadagnare in fretta una linea di ragionamento logica.

– È chiaro, sí. Ma... ma chi è che dovrebbe fare questo attentato? Ci rendiamo conto che... – Agitò la mano attorno, indicando gli altri seduti al tavolo. – Che noi... noi siamo gente normale, noi. Mica siamo, che so, soldati, o agenti di polizia. Noi non siamo capaci di...

Severi lo interruppe, l'aria di chi si aspettava proprio quella reazione.

– Lo so, Professore. Certo, non siamo militari. È quello che volete dire, giusto? Non abbiamo attitudine alle armi, non siamo capaci di fare del male. Anzi, se siamo qui significa che siamo per la pace, per la democrazia. Per il socialismo liberale, no?

Il Professore si mosse sulla sedia, a disagio.

– Attenzione, dottore, non vorrei essere mal interpretato. Siamo risoluti, sappiamo cosa vuol dire aderire a... far parte di questo gruppo insomma. Ma è pur vero che non abbiamo la preparazione per... Il gesto di cui stiamo parlando è qualcosa di enorme, ce ne rendiamo conto? Ci si chiede un suicidio. Né piú né meno che un suicidio.

– Addirittura un suicidio? E perché?

Alla domanda rispose Salvo, l'operaio.

– Be', su questo il Professore ha ragione. Chiunque provasse a fare una cosa del genere...

Severi sollevò una mano.

– Lo dirò una sola volta. Una persona comune, uno che non abbia alcuna capacità lesiva particolare, che non sia un soldato, un ex soldato o un poliziotto, è l'unico a poter arrivare vicino a un personaggio come quello di cui stiamo discutendo. L'unico. Perché non rappresenta un pericolo. È la sola possibilità che abbiamo. Che avremmo, nel caso si decida in tal senso.

Giovanni, l'uomo dalle spalle enormi che lavorava al mercato, disse lugubre:

– Ma l'esecutore si dovrebbe sacrificare, giusto? Perché lo prenderebbero e lo giustizierebbero, oppure lo ucciderebbero all'istante.

Severi negò.
– Non è detto. Si potrebbe approfittare della confusione per predisporgli possibilità di salvezza. Si potrebbero creare dei diversivi, per esempio dei colpi sparati a poca distanza: ognuno si preoccuperebbe della propria pelle, e si aprirebbero delle ottime vie di fuga.
Il Professore protestò.
– Ma non è detto, appunto. Il rischio ci sarebbe.
Bruno ribatté:
– Il rischio c'è anche a essere qui adesso. E il rischio c'è soprattutto a restarsene con le mani in mano mentre il paese va verso la distruzione.
La frase cadde nel silenzio. Dopo un po', Severi riprese.
– Da questo momento le riunioni saranno limitate a chi decide di prendere parte all'operazione. Le informazioni dovranno rimanere riservatissime. Ho bisogno di sapere subito chi ci sta, e chi invece preferisce farsi da parte.
Passò un altro minuto, in cui ognuno dei presenti guardò dentro di sé, alla propria vita e ai propri ideali. Soppesando e mettendo in fila le priorità.
Il Professore si alzò.
– Ho moglie e due bambini. Non posso pensare di lasciarli da soli. Resto antifascista, ma i primi verso cui ho obblighi sono loro.
E uscí, a testa bassa. Due uomini che non erano intervenuti lo seguirono, mormorando delle scuse.
Anticipando la decisione di altri, Bruno Modo disse, pacato:

– Lo faccio io.
Cesare Severi lo fissò.
– Non se ne parla, Bruno. Non è roba per te.
– Ah, no? E perché? Perché sono vecchio?
– Certo che no. Conosco la tua energia, abbiamo lavorato spalla a spalla fino a qualche mese fa. È che tu non sei adatto. Serve uno piú giovane, che abbia dimestichezza con le armi e non sia conosciuto o riconoscibile dalla polizia segreta.
– Ascoltami, Cesare. Io sono un ufficiale dell'esercito in congedo, ho fatto la guerra. Posseggo un'arma di ordinanza, che mantengo in perfetto stato e ogni tanto uso per tenermi in esercizio. E ho un'altra caratteristica a rendermi perfetto per l'impresa.
– Ho detto che non se ne parla, Bruno. Tu sei utile in altre maniere, il nostro ruolo non si esaurirà con questa operazione. Avrai altre opportunità per...
– Stai attento, Cesare. Se hai chiarito quali sono le necessità, rischi molto a disattenderle tu stesso. Le tue non sono ragioni valide. Io sono il piú adatto a un simile compito, lo sai.
– E quale sarebbe l'altra caratteristica? Quella che ti renderebbe «perfetto per l'impresa»?
Bruno sorrise.
– Che io non ho nessuno, Cesare. Nessuno da lasciare solo.

x.

Per la passeggiata con Marta, Ricciardi decise di cambiare itinerario e si fece portare in carrozza a Casaletto, il paese piú grande vicino a Fortino. Erano un paio di chilometri, ma non avrebbe rinunciato al suo tempo con la bambina, né voleva che la piccola si stancasse o avesse un colpo di calore. Chiese a Maria, la suocera, di far loro compagnia: gli sembrava che avesse bisogno anche lei di un diversivo, e l'unico modo di convincerla a muoversi dal palazzo era tirare in ballo la nipote.

Marta accolse la novità con gioia: andare in carrozza le piaceva, il calesse col vento che le scompigliava i capelli, i campi che correvano ai lati della strada, qualche gregge di pecore e le contadine che la salutavano, alle quali rispondeva agitando la mano come una regina. E poi il papà le aveva promesso qualcosa di buono, magari uno spumone in piazza o una limonata fresca: una festa inattesa.

Ricciardi si godeva la felicità della figlia. Era cosí espansiva, entusiasta ed estroversa; l'amava infinitamente proprio per il suo essere tanto diversa dal bambino che lui era stato. Gli sembrava che attraverso Marta potesse godere del tempo di Enrica che non aveva conosciuto: la moglie bambina che scopriva il mondo. Si augurava che restasse per sempre somigliante alla mamma, illudendosi che ciò gli avrebbe fatto patire di meno l'assenza della donna che aveva amato dal primo istante in cui l'aveva vista dalla finestra.

In paese fu subito riconosciuto. Era il signore del luogo, il piú ricco tenutario di terre e di risorse. Avrebbe potuto starsene tranquillo a palazzo amministrando le ricchezze, e anzi, secondo molti avrebbe dovuto, perché erano parecchi gli affittuari che si approfittavano della sua latitanza per fare i propri comodi.

E avrebbe dovuto sposare la figlia di qualche borghese del circondario, allargando i possedimenti e mettendo al mondo figli che assicurassero continuità alla stirpe e al patrimonio, e non una che non sapeva niente della campagna. Lo stesso errore commesso dalla buonanima del padre, che infatti si era scelto una moglie pazza.

Invece se n'era andato a vivere in città, facendo addirittura il poliziotto; e nemmeno sarebbe tornato, non fosse stato per la guerra. Era vero che *lu Padreterno manna lu pane a chi nun tene li rienti*.

Nessuno avrebbe osato dire queste cose in presenza di Ricciardi, né tantomeno di Nelide o di altri della famiglia Vaglio, ma era quello che pensavano in tanti. Anche se, quando erano stati lí in luna di miele, Enrica era piaciuta a tutti; specie al momento di ripartire, in cui l'avevano vista scoppiare in lacrime davanti a mezzo paese accorso a salutare i baroni di Malomonte.

Anche adesso, giunti in piazza, mentre aiutava Maria e Marta a scendere dal calesse, Ricciardi avvertí addosso gli occhi della gente, pronto a intervenire se qualcosa avesse creato disagio alla suocera. Per quanto riguardava la figlia, nulla poteva incrinarne l'allegria e l'entusiasmo. Era proprio un padre fortunato.

Sistemate entrambe al tavolino del caffè con tanto di paste e spumone, disse che doveva sbrigare una commissione rapida e di attenderlo là. Scambiò un cenno d'intesa con il cocchiere perché avesse cura di figlia e suocera e si avviò verso la stazione dei carabinieri, unico presidio delle forze dell'ordine nella zona.

I militari in stazione erano due. Quello di guardia scattò sull'attenti, e l'altro, piú alto in grado, gli andò incontro per salutarlo.

Era un po' piú anziano di Ricciardi, con lunghe basette grigie e l'aria spaventata. Si presentò come maresciallo Masturzo, e l'aveva riconosciuto.

– Quale onore, eccellenza. Cosa possiamo fare per voi?

– Buongiorno, maresciallo. Ho da farvi una richiesta che forse vi sembrerà un poco strana, e neanche so se potete rispondere. Si tratta di un fatto di sangue che risale a parecchi anni fa, trentaquattro, per la precisione. Sto facendo dei controlli sulla proprietà, e mi sono imbattuto in qualche accenno che mio padre ha lasciato nelle sue carte. Mi è venuta la curiosità di saperne di piú, ma ho bisogno della vostra discrezione. Ci posso contare?

Masturzo si irrigidí in un mezzo inchino.

– Eccellenza, senz'altro. Però i miei colleghi e io siamo di stanza qui a Casaletto da tempi assai piú recenti. Posso verificare i registri, se mi date un po' di tempo.
– Certo. Ve ne sarei davvero grato, maresciallo. È cosa che mi preme molto.
Masturzo batté i tacchi in un saluto militare perfetto. Ricciardi ricambiò e tornò in piazza, dove Marta e Maria avevano consumato i dolci e chiacchieravano amabilmente.
Appena lo vide arrivare, la bambina chiese:
– Papà, sei stato qui con la mia mamma? Proprio qui, in questo caffè?
Ricciardi lanciò una breve occhiata a Maria. Poiché la suocera parlava pochissimo di Enrica, aveva il sospetto di causarle dolore ed evitava in sua presenza di raccontare di lei. Ma non voleva deludere la figlia.
– Sí, amore mio. Si faceva portare spesso in paese. Ed era ghiotta proprio dello spumone che hai divorato tu, anche se ti devo fare i complimenti perché non hai sporcato né la faccia né la tovaglia, né la vestina.
La piccola rise.
– Lo sai, papà, la nonna sta sempre attenta a queste cose. Fossi stata sola con te, di sicuro mi sarei sporcata! Mi puoi raccontare cosa facevate tu e la mia mamma, quando venivate in paese?
Maria guardava triste nel vuoto. Fece un impercettibile cenno di assenso al genero, e lui disse:
– Anche se era golosa, faceva attenzione a mangiare piano. Era bellissima, si capiva che gustava ogni boccone, ma lo faceva con calma, con piacere. Io mi

mettevo a guardarla per tutto il tempo, avrei potuto restare cosí per ore. Un cucchiaio dietro l'altro. Ogni tanto se ne accorgeva e mi diceva: non mi guardare! Però lo sapeva che avrei disobbedito.

Maria continuava a fissare nel vuoto. Forse, rifletté Ricciardi, la sua mente stava inseguendo le immagini della figlia all'età della nipotina. Beata lei, pensò, che aveva piú ricordi.

Marta chiese:

– E non parlavate mai di me? Di quando arrivavo, se sarei stata bella o brutta?

Quella domanda, posta da una bambina innocente di sei anni nel pomeriggio di un giorno di sole, fu per Ricciardi un pugno al cuore. Cercò con lo sguardo l'aiuto di Maria, ma la donna parve non aver sentito. Si schiarí la gola e si passò la mano davanti agli occhi. Provò a recuperare un minimo di fermezza nella voce.

– Io… certo che parlavamo di te. Ma non avremmo mai potuto immaginare quanto saresti stata bella e meravigliosa, tesoro mio.

Marta strinse le labbra, insoddisfatta.

– Sí, ma lei che diceva di me?

Maria disse, quasi in un sussurro:

– Lei ti aspettava dacché aveva la tua età. Diceva che avrebbe senz'altro avuto una bambina, e che questa bambina sarebbe stata la piú dolce, intelligente e studiosa del mondo. Giocava con la sua bambola fingendo che fosse la figlia, le raccontava le favole che inventava, la vestiva, la lavava e la pettinava. Era il suo desiderio piú grande, avere una figlia. E quando ha conosciuto tuo padre, ha capito subito che ti avrebbe avuta con lui. Tu, e nessun'altra. Lo ha capito prima di ognuno di noi, dei fratelli e anche di tuo padre stesso. E, come sempre, aveva ragione: perché tu, piccola mia, hai il papà migliore in assoluto. E siamo stati tutti molto fortunati ad aver avuto la tua mamma.

Poi si alzò, e si avviò verso la carrozza.

XI.

Dopo la cena, Livia salí in coperta. Aveva urgenza di respirare aria fresca, e inoltre voleva liberarsi della corte discreta ma pressante del capitano. La notte sull'oceano era gentile e suggestiva. I raggi lunari si riflettevano in mille scaglie luminose sulle increspature dell'acqua facendo immaginare il dorso di un immenso, placido pesce che valicava tempo e spazio, unendo mondi e azzerando rimpianti.

Alzò il bavero del cappotto e si appoggiò alla ringhiera. La spuma sulla fiancata della nave le rammentò che era in viaggio. E come sempre, la gola le si serrò per i sentimenti contrastanti provocati dal trasferimento.

Non era stato facile organizzarlo. La guerra aveva generato nuove barriere, e una donna che affrontava da sola un simile tragitto suscitava diffidenza. A favorirlo era stata la persona piú disperatamente contraria alla partenza di lei. Grazie alla sua ricca e potente famiglia, Facundo aveva ottenuto in fretta i visti e i salvacondotti necessari alla traversata sino alle coste del Portogallo, con l'obiettivo di farla poi giungere nella città che Livia non aveva mai dimenticato in quei sei anni.

Aveva il fondato sospetto che facilitarne l'allontanamento fosse stato un piacere per il padre di Facundo. Quel figlio innamorato e deciso a sposarla doveva essere stato una spina nel fianco del vecchio Caetano Rubia, il padrone di mezza Buenos Aires che sperava tutt'altro per il proprio erede. A nemico che fugge, ponti d'oro.

Piú difficile per Livia era stato convincere Facundo a lasciarla andare. Non puoi volermi mettere in prigione, gli aveva detto. Meriti una donna che sappia essere felice al tuo fianco, gli aveva detto. Se non mi aiuti non mi ami davvero, gli aveva detto. E in ultimo, per persuaderlo, aveva mentito, promettendo che, se non avesse trovato ciò che cercava, sarebbe tornata. Soltanto una volta risolto l'antico rimpianto sarebbe stata pronta per una nuova vita che comprendesse la presenza di lui.

Fra le lacrime, Facundo aveva acconsentito. I giovani hanno sempre bisogno di un frammento di speranza per fronteggiare il futuro.

Mentre guardava la notte di luna, di stelle e di mare, non si pentí della bugia. Aveva fatto il bene di quel ragazzo innamorato, e forse gli avrebbe detto cosí anche se non avesse potuto aiutarla. Era legata a Facundo, e mai avrebbe voluto che soffrisse.

Ma l'amore era un'altra cosa.

Le navi per il suo paese non salpavano piú. Il traffico passeggeri era stato bloccato già prima della dichiarazione di guerra, quando ormai appariva chiara la china imboccata dalla follia nazifascista. Quella su cui era salita si sarebbe fermata a Lisbona: lí Livia avrebbe trovato ad aspettarla un autista coi documenti occorrenti, per poi attraversare pianure e montagne evitando le grandi città dove i controlli erano piú serrati. Un viaggio avventuroso nella migliore delle ipotesi, pericoloso nella peggiore. Sarebbe stata Laura ancora per diversi giorni, nell'attesa di ridiventare Livia: e forse le sarebbe convenuto mantenere il nuovo nome e la nuova cittadinanza per molto tempo o per sempre. Anche se a lei sarebbe piaciuto tornare presto all'identità che le apparteneva, oltre che alla terra che l'aveva vista nascere.

Tornare, pensò. Un verbo che conteneva tutto il senso di quel rischio.

Tornare. Era ciò che non era riuscita a spiegare bene né a Facundo né a Diego, la cui insistenza per farla rimanere le faceva tenerezza perché capiva da quanto amore e da quanto affetto derivasse. Però non poteva essere un ostacolo.

Lei non stava partendo.

Lei stava tornando.

Spalle alla nave e faccia alla luna, prese a cantare. Era il suo modo di dialogare con sé stessa. Era sola, quando cantava. E l'applauso del pubblico, in teatro come nei caffè fumosi, la riscuoteva dallo stato di sospensione durante il quale se ne era rimasta affacciata sulla propria anima, e finalmente la comprendeva.

All'indomani della chiacchierata con Diego, era andata a comprare il disco di *Volver*, una delle ultime canzoni incise da Gardel prima dell'incidente mortale

che tanto aveva scosso l'Argentina. Come l'amico musicista le aveva ricordato, non era nel loro repertorio e quindi la conosceva poco.
Da allora, il disco non aveva lasciato il grammofono. Livia l'aveva ascoltata fino all'ossessione, facendo in modo che le parole – cantate in una lingua che aveva imparato ad amare – le affondassero dentro.
Non era il canto di una donna, e capiva perché Diego non gliel'avesse fatta eseguire, ma era ciò che sentiva in relazione alla partenza.

Bajo el burlón mirar de las estrellas
que con indiferencia hoy me ven volver...
Volver... con la frente marchita,
las nieves del tiempo platearon mi sien...
Sentir... que es un soplo la vida,
que veinte años no es nada,
que febril la mirada, errante en las sombras,
te busca y te nombra.
Vivir... con el alma aferrada
a un dulce recuerdo
que lloro otra vez...

La mente, intanto, traduceva per il cuore.

Sotto lo sguardo beffardo delle stelle
che con indifferenza oggi mi vedono ritornare...
Ritornare... con la fronte appassita,
le nevi del tempo resero d'argento la mia tempia...

Sentire... che è un attimo la vita,
che venti anni non sono niente,
che febbrile lo sguardo, errante nelle ombre,
ti cerca e ti chiama.
Vivere... con l'anima aggrappata
a un dolce ricordo
che piango un'altra volta...

Sembrava che, al di là degli anni trascorsi da quando Alfredo Le Pera aveva scritto quei versi, al di là delle differenze di genere e di condizione, al di là di ciò che era successo o sarebbe successo, il poeta parlasse proprio di lei. E avesse addirittura individuato il momento in cui le sue parole avrebbero avuto il senso giusto.

Perché Livia cantava alle stelle il motivo per il quale tornava. Perché aveva ancora, e aveva sempre avuto, *el alma aferrada*, l'anima aggrappata a un dolce ricordo che non poteva cancellare.

La magia della musica, rifletté, è questa. Cancella barriere, elimina pregiudizi e pudori, e racconta verità. A ognuno la propria. Perciò amava cantare: perché poteva avvertire il dolore senza temere di impazzire; e perché poteva chiedere una grazia, senza sentirsi stupida per averlo fatto.

Alle sue spalle risuonò un discreto ma sincero applauso. Si voltò e vide che si era radunato un gruppetto di passeggeri. Molti occhi erano pieni di lacrime e luccicavano alla luna.

Fece un leggero inchino.
Tornare, pensò.
Volver.
Avendo paura, certo.
Ma non potendo in alcun modo rinunciarvi.

XII.

Seduto al solito tavolino, Bruno annotava arrivi e partenze di navi, sorseggiava surrogato e mordicchiava sfogliatelle. Chissà se lo stomaco, straziato dagli eccessi alimentari, gli avrebbe concesso un tempo sufficiente a fare ciò che aveva programmato.

E d'altra parte, rifletté, magari si trattava di resistere soltanto qualche giorno, poi il suo deteriorato organismo avrebbe dovuto vedersela con un paio di proiettili o, peggio, con un lungo periodo di detenzione e di torture.

Quegli allegri ragionamenti furono interrotti da un'ombra che gli passò alle spalle per concretizzarsi in una figura corpulenta, la quale, senza chiedere permesso, si lasciò cadere sulla sedia vuota al suo fianco.

Il dottor Cesare Severi estrasse un enorme fazzoletto e, tolti gli occhiali, si asciugò il viso madido di sudore.

– Ma non avete mai pensato di procurarvi un'estate meno torrida? Come si può sopravvivere a una temperatura simile? Non è un clima adatto alla vita umana.

Dopo avergli lanciato uno sguardo fugace, Modo aveva ricondotto l'attenzione sul panorama fatto di mare, sole e porto.

– Ti ricordo che vieni dalla Romagna. Uno dei posti climaticamente piú disgraziati, dove fa un freddo cane oppure un caldo bestiale e ci sono sí e no cinque giorni vivibili all'anno. Senza offesa, sia chiaro.
Severi si sistemò le lenti sul naso.
– E chi ha mai detto che si sta meglio dalle mie parti? Soltanto che uno, emigrando, si aspetta di migliorare. Invece eccomi a sudare come un maiale pur di raggiungerti in cima a una strada in salita che sembra un sentiero alpino, senza però la relativa frescura. Questo, per esempio, è un problema che noi non abbiamo: le salite. Da noi è tutto pianeggiante. Mentre qua, per uno strano fenomeno geografico, l'andata è in salita e il ritorno pure. Un luogo magico insomma.
– La spiegazione di tanta fatica è davanti a te, però. Da qui si vede l'entrata del lato militare del porto. Come credi che sia in grado di fornirti gli orari di ingresso e di uscita delle navi? Poi c'è anche l'ulteriore e non marginale vantaggio di un certo livello di sfogliatelle, il che non guasta.
L'altro sollevò subito una mano per richiamare il cameriere.
– Ecco una competenza che ti riconosco. Come medico e come spia sei piuttosto mediocre, ma quale intenditore di cibi non hai rivali.
Bruno finse amarezza.
– Dopo quello che ho cercato invano di insegnarti, brutto ingrato... Per fortuna adesso so che la professione medica era per te giusto una copertura, altrimenti avrei richiesto la tua radiazione. A proposito,

come va in ospedale? Immagino che da quando non ci sono piú io i pazienti preferiscano morire in casa. Sarà un deserto.
Cesare fece una smorfia.
– Al contrario. Dacché si è sparsa la voce che sei andato in pensione, abbiamo la fila. Vengono anche i sani, perché l'ambiente è diventato finalmente frequentabile.
Modo annotò un dato sul quaderno, prima di rispondere.
– Sono sicuro che suor Luisa, la caposala, tenterà di farti fuori. Stai attento al suo tè, ha un'abilità straordinaria nell'uso della stricnina.
– Ma se mi ama alla follia! Io non voglio deluderla e quindi non le chiudo la porta in faccia, ma prima o poi dovrò dirle che le relazioni sul posto di lavoro non fanno per me.
Modo scoppiò a ridere.
– Ti ci vorrei proprio vedere, con suor Luisa. Ho conosciuto pecore piú attraenti, in Friuli, durante la guerra.
Senza smettere di sorridere, Severi disse:
– Mi spieghi per quale motivo hai detto quella cosa, ieri? Che vuoi farlo tu? Il motivo vero, ti prego.
– Vedi? Non sei solo un medico incapace, ma anche un capo militare scadente. Quando mai, se un soldato si offre volontario per una missione, gli si dice che è meglio che eviti? In pratica si consiglia agli altri di non sognarsi di eseguire gli ordini. Tutto, ti devo insegnare.
Il giovane si fece serio.

– Hai capito benissimo cosa voglio dire, Bruno. È un'azione della massima importanza anche per i compagni delle cellule del Nord. Il porto ce l'abbiamo qui, e se vogliamo far intendere al popolo, cieco com'è, che esiste un'opposizione alla follia fascista, non c'è migliore occasione.

Il medico anziano ne era convinto.

– L'hai spiegato ieri, ed è condivisibile. Continuo però a non comprendere per quale ragione non mi ritieni adatto al compito. Si tratta di avvicinarsi tra la folla a un bastardo tedesco, spargargli un colpo e defilarsi nella confusione che si genererà. Mi pare abbastanza facile, per uno che ha fatto una guerra e ha visto piú sangue di quanto avrebbe voluto. C'è qualcosa che ignoro?

Severi si assicurò che nessuno ascoltasse.

– Ho taciuto che sarà invece tutt'altro che facile. Heinrich Simon ha una scorta ben addestrata, senza contare il battaglione che i fascisti gli schiereranno attorno, pur di fare bella figura. E noi non potremo offrire coperture, perché piú gente arriverà maggiore sarà il rischio di cattura. Quei vigliacchi infami sanno come estorcere informazioni ai prigionieri. Ci verrebbero a prendere a uno a uno.

Bruno scrollò le spalle.

– Perciò nel gruppo non sappiamo nemmeno come ci chiamiamo, no? E sapevo già che non ci sarebbe stato sostegno, è giusto. Anche per questo mi sono proposto.

Severi sbatté le palpebre.

– E perché? Se sapevi che nessuno ti aiuterebbe a venirne fuori…

Modo si chinò in avanti.

– Di' un po', ma le hai viste le facce degli altri? Ci credono. Non vogliono vivere in questo mondo, odiano i fascisti e la cancellazione della libertà che impongono. E hanno piena cognizione della rovina verso la quale ci stanno portando. Ma sono operai, studenti, pescatori. Padri di famiglia. Vogliono difendere la tranquillità dei propri cari. Sono dissidenti, non combattenti.

Severi sospirò.

– Credi che non lo sappia? Ma questo abbiamo, e con questo bisogna agire; è cosí dovunque. Il regime è stato capace di raccogliere un consenso quasi universale. La gente rinuncia anche all'essenziale, le pentole, la carne, la frutta; rivolta gli abiti, usa il cartone per risuolare le scarpe, si scalda dormendo con gli animali. Ha dimenticato il sapore del caffè, fuma paglia, ruba il legno delle bare per accendere il fuoco. Eppure, se ascolti i discorsi in strada, sono tutti convinti che la vittoria è sicura e che ci porterà ricchezza e onori, che diventeremo il primo paese del mondo come ci è dovuto, perché siamo gli eredi dell'Impero romano.

Bruno riportò gli occhi sul mare. Il sole era abbagliante, e da lontano ogni cosa appariva cosí pacifica da straziare il cuore.

– Lo so. E a volte mi domando se davvero valga la pena di combattere e rimetterci la vita per questi schiavi ottusi. Poi però pensi che accettare supinamente la dittatura sia peggio. È la rabbia il motore giusto. Perciò ti dico che devo farlo io. Io, che non ho figli ai quali provvedere. Io, che non ho una donna che piangerà la mia fine. Io, che non ho amici da proteggere, né genitori da sostenere. Io, che ho solo la mia rabbia da alimentare.

Cadde il silenzio. I rumori della città e le grida dei gabbiani parvero piú forti e invadenti.

Severi disse, cosí piano che Bruno lo sentí a stento:
– Non è vero che non hai amici, che non hai amore e nessuno ti piangerebbe. Sapessi in quanti vengono in ospedale a chiedere di te. Quanti di noi sorridono ripensando al tuo brutto muso, e ricordano le frasi che dici sempre e la tua capacità di commuoverti ancora e ancora, ogni volta che ti trovi di fronte al dolore. Tu di figli, di fratelli e di genitori ne hai tanti, dottor Modo. Piú di tutti i padri di famiglia che conosco –. Si alzò, lento. – Ma è anche vero che questa azione va fatta, e che tu sei in grado di compierla. Ci rifletterò, te lo prometto. Per ora accontentati, vecchio caprone.

Mentre andava via, udí una voce bassa alle spalle.
– Ti voglio bene anch'io, medico scadente.
Ma forse era soltanto un gabbiano.

XIII.

Ricciardi aveva chiesto a Nelide di informarsi sulle scuole piú vicine. Sperava ancora di rientrare presto in città, era stato sincero quando aveva rassicurato i suoceri sulla concretezza di quella evenienza: ma era possibile che accadesse il contrario, e l'istruzione di Marta non poteva subire battute d'arresto.

Fino ad allora se n'era occupata Bianca, la contessa di Roccaspina sua cara amica e madrina della figlia, con un'istitutrice assunta per l'occasione. Quando era andato a salutarla, la sera prima di partire, gli occhi di lei si erano riempiti di lacrime. Bianca gli aveva stretto le mani fra le proprie, poi gli aveva detto che Marta era anche sua: doveva quindi prometterle di stare attento alla bambina per lei.

Non c'era stato bisogno di promettere nulla; per Ricciardi era di vitale importanza che alla figlia non derivassero intoppi da quella situazione. Ma non doveva nemmeno essere una vacanza: terminata l'estate, Marta avrebbe dovuto riprendere gli studi.

Nelide aveva eseguito l'ordine ed era tornata con le notizie necessarie. A Fortino non c'erano scuole, date le minuscole dimensioni della contrada; a Casaletto invece, don Luigi, il parroco, dava lezioni ai pochi bambini per insegnare loro a leggere, scrivere e fare un poco di numeri, ma frequentavano solo i piccoli perché i grandicelli lavoravano nei campi coi genitori. La scuola piú vicina era a Sapri, sulla costa, ma col calesse ci voleva oltre un'ora ad andare e altrettanto a tornare, anzi, di piú, perché il cavallo doveva transitare per una salita bella lunga. Certo, con una macchina e un autista sarebbe stato piú facile. Magari il signorino, aveva mugugnato la governante, ci poteva pensare, pure perché mandare la bambina – che era debole di gola – col calesse in inverno non era proprio cosa.

E però una soluzione c'era.

Ricciardi aveva atteso. Nelide aveva una linea di pensiero tutta sua, e bisognava lasciare che la percorresse per intero.

Allora, aveva detto la ragazza, proprio a Fortino, ai margini della contrada, sul lato opposto della via che portava al paese, c'era una donna nota come maestra Giovanna. Viveva da sola, e siccome questo era un fatto strano, quelli del villaggio preferivano non averci a che fare, e lei non è che ci metteva del suo per risultare simpatica. Però andava a messa la domenica e si riforniva alla bottega, quindi ognuno la teneva presente.

A quanto sentito da Nelide, pareva molto brava coi bambini; e i dieci che vivevano nella contrada andavano da lei, e sapevano scrivere, leggere e fare di conto meglio di quelli che andavano da don Luigi. Era chiaro, *signorí*?

Ricciardi aveva deciso che prima dell'inverno avrebbe comprato una macchina e assunto un autista per portare la bambina a Sapri. Ma la curiosità di conoscere presto o tardi la maestra Giovanna gli era venuta. Perciò, una mattina ordinò di preparare la bambina e il calesse e si fece accompagnare.

L'abitazione era uguale a quelle della zona. Una casa in pietra, piano inferiore con una stalla e piano superiore con due finestre. Un giardino ben curato sul davanti, orto da una parte e fiori dall'altra. E un vialetto di ingresso al quale si accedeva attraverso un cancello.

Ricciardi fece fermare il calesse a poca distanza, scese e si avvicinò all'entrata. Un grande cane bianco abbaiò e gli venne incontro, piú curioso che diffidente, la coda festosa.

Una voce scura disse:
– Gera', *vattenne*.

Il cane guaí e si ritirò all'interno.

Da lontano, Ricciardi vide giungere una figura. Portava pantaloni sporchi di terra, ai piedi scarponi sformati. Indossava una camicia larga dalle maniche rivoltate sugli avambracci, e un fazzoletto coi nodi agli angoli a coprire la testa.

Quando fu abbastanza vicina, Ricciardi si accorse che si trattava di una donna. Alta quanto lui, dai lineamenti fini e due profonde iridi nere che lo scrutavano.

Per qualche assurdo motivo, il commissario avvertí un vuoto allo stomaco e una lieve vertigine.

Al di là del cancello, la donna disse:
– Cosa posso fare per voi?

– Scusate il disturbo, signora. Mi chiamo Ricciardi, abito...
– Lo so chi siete, eccellenza. Figuratevi. Non c'è persona da qui a Sapri che non lo sappia. E io sono signorina, per inciso.
Il tono era basso, di petto, melodioso. La donna non distoglieva lo sguardo da Ricciardi. Stavolta fu lui a guardare verso il calesse, da dove il cocchiere e la bambina guardavano a loro volta senza riuscire a sentire la conversazione.
– Io... Io cerco una certa maestra Giovanna, che credo siate voi, voglio dire, mi hanno detto che abita qui, se l'indirizzo è giusto. Siete voi, per caso?
Lei sembrava divertita dalla manifesta difficoltà di Ricciardi.
– Per caso sí, sono io. E vi ripeto, eccellenza: cosa posso fare per voi?
Si era ripulita le mani strusciandole sui fianchi dei calzoni. Stava lavorando nell'orto.
Il barone decise di reagire all'assurdo disagio che lo pervadeva, riservandosi di sviscerarne l'origine.
– Potreste lasciarmi entrare, per esempio. O dirmi che non volete parlare con me, cosí potrei risalire sul calesse e tornarmene a casa. Dite voi.
La donna si finse sorpresa.
– Ah, non ve lo avevo detto? Prego, eccellenza, accomodatevi pure. Siete il padrone.
Ricciardi fece un cenno al cocchiere, che aiutò Marta a scendere e l'accompagnò al cancello. La bambina si produsse in una riverenza, si accostò al padre e

gli prese la mano. La maestra Giovanna si inchinò a propria volta.

– Ma che bella signorina. Vieni, vediamo se trovo un buon dolce per te.

L'ambiente era curato e lindo, con poche concessioni all'estetica e molte alla comodità. La maestra sparí all'interno e tornò recando un piattino con sopra una fetta di torta e una forchetta. Li poggiò insieme a un tovagliolo davanti a Marta, che nel frattempo si era seduta compita a tavola, le gambe penzoloni.

Ricciardi rifiutò con un cenno cortese l'offerta di un caffè o di un rosolio, e fece segno alla maestra di seguirlo sul patio.

Il sole era alto e picchiava forte. Giovanna si asciugò la fronte, disponendosi in attesa.

A bassa voce per non farsi udire da Marta, il commissario descrisse la loro situazione: il fatto che la bambina non avesse piú la mamma, che per ragioni di sicurezza – dato il clima che si respirava in città – aveva scelto di tornare in paese, che fino ad allora Marta aveva studiato in privato con un'istitutrice e non voleva che la sua istruzione si fermasse, benché non gli fosse chiaro quanto ancora sarebbero rimasti in Cilento.

La donna lo ascoltava attenta. In Ricciardi la sensazione di disagio non era passata, e ciò lo infastidiva parecchio.

Il commissario concluse con la notizia che si sarebbe procurato un'automobile per accompagnare Marta a Sapri, non appena fosse iniziato l'anno scolastico: ma non gli faceva piacere, perché la guerra avrebbe forse

potuto manifestarsi anche lí e lo preoccupava che la figlia fosse lontana, benché per poche ore.
– Eccellenza, tra di noi dobbiamo essere sinceri. È evidente che la bambina è ebrea, dico bene?
– E per quale motivo sarebbe evidente?
– Perché altrimenti non sareste scappati dalla città. E voi non avreste cosí tante esitazioni a mandare Marta a Sapri. E avete ragione, se volete saperlo: anche qui è pieno di informatori della polizia politica. Meglio non correre rischi.

Ricciardi sospirò, triste.

– La povera mamma di Marta apparteneva a una famiglia di origine ebraica, sí. Anche se si tratta appunto di un'origine, loro sono cattolici e nemmeno si volevano allontanare dalla città. Io però ho visto una lista che... Non lo so perché vi sto dicendo queste cose, potreste essere voi stessa una delatrice. Forse perché confido nel fatto che chi si occupa di bambini non possa avere certi sentimenti.

– La vostra sensazione è giusta, eccellenza. Per una come me i bambini vengono al primo posto. E non ho problemi a dirvi che sono contraria con tutte le mie forze a questa gente, che se la prende con creature innocenti solo perché i padri o i nonni seguono una religione diversa. È un'infamia.

Ricciardi annuí.

La maestra riprese.

– Vedete, io non ho figli. Perché non mi servono, ho già tanti bambini: sono quelli ai quali ho messo in mano una penna. Mi occuperò io di Marta, e vi posso

assicurare che l'istruzione che le impartirò sarà la stessa che le può garantire una scuola statale o religiosa. E in piú sarà al sicuro, non correrà alcun rischio. Ho un'unica condizione.
– Naturalmente riceverete qualsiasi compenso che...
– Lo so, ma non si tratta di questo. Volevo dire che la bambina dovrà prendere lezioni qui, a casa mia. Ho tutto l'occorrente, lavagna, quaderni, libri. Sono convinta che la scuola vada fatta a scuola.
– Ma certo, nessun impedimento. Anch'io però ho una cosa da chiedervi, se permettete.

Giovanna lo fissò, interrogativa.

– Mia figlia scrive e disegna con la sinistra. Io non gradisco che venga obbligata a usare la destra. È una caratteristica che non mi dà nessun fastidio, e che anzi amo molto. È possibile conservarla?

Attraverso la finestra, la maestra guardò Marta mentre finiva la sua fetta di torta, tenendo la forchetta con la mano mancina.

Riportò gli occhi su Ricciardi.

– Io non vedo niente che non vada, in quella bambina. Proprio niente.

XIV.

Nelide si era ritrovata di colpo libera dall'incombenza mattutina di Marta. La cosa le dava sollievo, perché era al mattino che si concentrava il maggior impegno nella gestione della casa. In quelle ore, infatti, doveva concordare con la signora Maria gli incarichi per la cuoca e le domestiche, per poi occuparsi dell'orto, del mercato e del giro dei poderi a mezzadria. Dover badare a quella piccola e curiosa pestifera, sempre a zonzo nel giardino col naso per aria, non le consentiva di dedicarsi con serenità alle altre mansioni.

Perciò la giovane governante aveva salutato con gioia il miracolo manifestatosi negli ultimi giorni. Da quando aveva scoperto il grande ulivo sulla cima del poggio, all'ombra del quale se ne stava sempre zi' Filumena, Marta si era tranquillizzata. Nelide le aveva dato una coperta lisa, che la bambina stendeva con cura accanto all'anziana per poi sedersi lí, calma e serena, in silenzio.

Zi' Filumena era vecchissima e sordomuta, sí, ma per nulla svagata; era in grado di sorvegliare la bambina e di intervenire in caso di pericolo. Era stata un riferimento per i tanti fratelli e sorelle e per la miriade di nipoti, Nelide inclusa; operosa come pochi e dotata di un intuito che le consentiva di far fronte a ogni problema. Di lei, insomma, c'era da fidarsi. E Marta era una bambina giudiziosa e obbediente. Se Nelide le diceva di stare buona fin quando non fosse tornata a prenderla, lei l'avrebbe fatto.

Ma la governante ignorava che, in realtà, le mattinate sotto l'ulivo erano per Marta una fonte di svago assoluto.

Mi devi credere, la cosa piú divertente è la commiserazione della gente. Da quand'ero piccola – e sono passati tanti anni, quasi novanta – io leggo negli occhi di molti questa pena: poverina, povera Filomena, quanto mi dispiace. Pensano che vivo chiusa in un mondo tutto mio, che mi perdo un sacco di cose belle.

E invece non è cosí. Non è cosí proprio per niente. Intanto, io ci sento. Ci sento benissimo. Solo che sono sempre stata attenta a non farlo capire, e lo sai perché? Perché mi conviene. Se pensano che tu non puoi parlare stanno attenti, perché comunque se ascolti e guardi puoi anche giudicare; e le persone si preoccupano del giudizio. E c'è sempre il rischio che poi, a gesti o con un disegno, puoi riferire quello che dicono.

Se invece non ci senti e nemmeno parli, diventi come un animale domestico, che so, un cane o un gatto, neanche un uccellino, perché quello può cantare e tu no. Dopo un po' nessuno si accorge piú di te, sei come un mo-

bile, una credenza o un comò. Divertente, no? Tu senti e vedi tutto, e loro non lo sanno. Sei come un fantasma. Certo, mi sarebbe piaciuto avere una famiglia mia. Dei figli, una casa, un marito. Ma una come me nessuno se la piglia, è stato chiaro fin da quando avevo piú o meno l'età tua. E nella mia famiglia non nasciamo belle. Quindi mi sono adattata, e sono stata bene. Ho visto e sentito tante cose, specie quando ero a servizio della tua famiglia, anni e anni prima che tu nascessi.

La tua famiglia.

Tu non lo sai perché sei nata nella città grande, che io non ho mai visto ma che ho sentito raccontare tante volte. Qui, nel paese, la tua famiglia è importante. È come la famiglia del re. Tu, lo hai visto, abiti in un palazzo che è un castello, con le torri e il cortile, con lo scalone grande e i candelabri alle pareti per quando non c'era la luce elettrica. I ritratti dei tuoi antenati fino a tuo nonno stanno appesi lungo il corridoio che porta nelle stanze da letto. Quante volte li ho spolverati, guardando negli occhi tutti quei morti, lucidando le cornici annerite dal fumo delle candele e consumate dal tempo.

«Famiglia», sai, è una parola che ha tanti significati diversi. Una vecchia come me lo ha capito tardi, ma lo ha capito. Noi, per esempio, abbiamo una storia fatta di giornate dure, nei campi e nelle cucine, col pensiero di arrivare all'indomani. A guardare cosí vicino non si vede quello che succede piú in là, nel paese e nel mondo. La famiglia tua, invece, ha una storia che va indietro nel tempo e si allunga nel futuro. Non lo so spiegare bene, ma è cosí.

Io mi piazzo qua. Ogni mattina all'alba salgo piano piano e mi piazzo qua. C'è un motivo, ma non lo sa nessuno. Lo vuoi sapere? E mo' te lo dico.

Io mi piazzo qua perché da qua si vedono le montagne, e certi giorni quando è limpido si vede pure un pezzo di mare. E se hai la testa giusta, puoi superare le montagne e navigare nel mare. Io da qua posso fare quello che ho sognato sempre e non ho mai fatto: mettermi in viaggio.

Tu sei piccola e non lo puoi sapere, ma la dannazione della gente è una sola: la speranza.

Tutti pensano: farò questo, farò quello. Diventerò ricco, sposerò qualcuno. Andrò lontano, guadagnerò un sacco di soldi, poi tornerò e mi godrò la vita. E per sperare tutte queste cose, nessuno vive e basta; e se vive e basta, si intossica l'esistenza perché non può realizzare i sogni.

Invece, quando si è vecchi come me, si capisce che i sogni sono solo un veleno; e che basta questo, sedersi all'ombra in un giorno d'estate a lavorare all'uncinetto o a sbucciare i fagioli, e ogni tanto alzare lo sguardo e pensare a tutti quelli che stanno lontano. Alle pene, alle guerre. E a tutto l'amore perduto.

Perché sai, bambina col nome della nonna, si perde un sacco d'amore. È la cosa piú importante, ma tutti la perdono. Che fatto strano.

È un'altra malattia, l'amore. Come la speranza. E infatti sono due mali che colpiscono i giovani, e li possono pure portare all'inferno.

Magari un giorno di questi ti racconto una storia. È vero, alla tua età si dovrebbero raccontare le favole, ma io siccome non parlo di favole non ne so. E poi neanche sono sicura che sia vera questa cosa, che io penso e tu in qualche strana maniera senti quello che sto pensando. A me in novant'anni mai è successo, di avere questa impressione. Ma stai là, seduta, e fai pure di sí con la testa, e io che ne so? Forse stai solo fantasticando, immaginando di parlare con me. Forse sei pazza, nella famiglia tua questa vena di pazzia ci sta. O forse sono pazza io a credere che una bambina di, quanti?, sei anni, sette, mi possa sentire pensare.

Ma per fortuna sono vecchia, te l'ho detto. E quando si è vecchi si può pure evitare di restare sorpresi, e prendere le cose come vengono.

Ti dicevo dell'amore. Io una volta mi sono innamorata. Mi viene da ridere se guardo a quanti anni sono trascorsi, piú di settanta. Ero una ragazza, lui era un forestiero, passava dalla strada grande portando la merce da chissà dove a chissà dove. Si fermava e mi sorrideva, lo sapeva che non potevo parlare; mi piaceva assai, mi facevo trovare apposta sulla strada grande, una volta con le fascine, una volta a prendere fiori, una volta con qualche pecora.

Poi una mattina se ne voleva approfittare, del fatto che non parlavo. Pensava che non potevo chiamare aiuto, forse. E io mi sono spaventata e gli ho dato un calcio, poi una pietra in testa e l'ho lasciato là, credevo fosse morto. Poi però sono tornata e non c'era piú, solo la macchia di sangue per terra. Si sarà alzato e se ne sarà andato.

Non è passato piú.

Ma l'amore l'ho visto succedere, in tante occasioni. Non mi pare una cosa buona, te l'ho detto che porta la gente all'inferno.

Come la porta, la gente all'inferno? Vuoi sapere questo? Adesso è tardi, mia nipote sta per venire a prenderti. Se vuoi, te lo racconto un'altra volta. Quando torni. Tanto, vero o non vero che mi senti, io posso sempre pensare a quello che voglio, giusto?
E magari pescare nei ricordi.
Un'altra volta. Una di queste mattine.

XV.

Il brigadiere Raffaele Maione diede un bacio alla moglie Lucia e uscí.
Percorse la solita strada. Ogni tanto qualcuno lo salutava, buona giornata, brigadie', e lui rispondeva distratto, un cenno del capo, due dita alla visiera se era il caso.
Era di malumore. E per un sacco di ottimi motivi, piccoli e grandi.
Tra i piccoli, il caldo. Era convinto che sarebbe morto d'estate, che il cuore non avrebbe retto alla camicia che gli stringeva il collo, fradicia già alle sette di mattina, ai pantaloni e agli stivali. Un metro e novanta e centotrenta chili da portare in giro con una temperatura che superava i trenta gradi a quell'ora, con davanti la prospettiva di una giornata intera di lavoro.
Il lavoro. Appunto.
Era sempre stato innamorato del proprio mestiere. E orgoglioso del grado raggiunto. Gli antichi compagni di giochi avevano fatto quasi tutti una brutta fine: chi in galera, chi morto ammazzato, chi emigrato chissà dove. Lui invece era un uomo delle istituzioni, difendeva l'ordine e faceva rispettare le leggi.

Negli ultimi tempi, però, si sentiva incoerente. Miseria e disperazione crescevano, e dover arrestare padri di famiglia costretti a rubare per sfamare i figli gli sembrava sempre piú un'infamia. Tuttavia, voltarsi dall'altra parte serviva solo ad alimentare il caos e a gettare la città nel disordine, a tutto vantaggio di chi approfittava della situazione per arricchirsi.

E poi c'era la questione del commissario. Quella era davvero fastidiosa.

Per carità, aveva ben compreso la scelta di Ricciardi: la sicurezza dei suoi cari era un fatto primario e i tempi erano quelli che erano.

A Maione toccava intervenire ogni giorno per scongiurare pestaggi, atti di vandalismo, violenze nei confronti di omosessuali, dissidenti e giudei. Era come se all'improvviso, a partire dal settembre del 1938, fosse spuntato dal nulla un crimine nuovo non previsto dal codice penale, che poteva essere punito da chiunque senza passare per il tribunale. La sua mente semplice, abituata a distinguere con esattezza il territorio del bene da quello del male, rifiutava un simile accanimento; e peraltro conosceva molte delle persone aggredite, gente perbene che cercava di sopravvivere tra mille difficoltà proprio come gli altri. Quindi sí, Ricciardi aveva avuto ragione ad andarsene.

Ma a lui mancava. Molto. Immensamente anzi, a voler essere sinceri.

Aveva lavorato col commissario per quasi dieci anni. Aveva condiviso con lui la morte del figlio Luca, che ancora gli straziava il cuore, e quella della moglie di

Ricciardi, Enrica, che ricordava con tenerezza e ancora faceva riempire di lacrime gli occhi di Lucia ogni volta che ne parlavano. Quando si condividono le perdite, rifletteva Maione, si diventa una famiglia sola. Non c'era giorno che non pensasse a lui; e a volte gli capitava di sentirselo vicino, un metro piú avanti, le mani affondate nelle tasche del soprabito e la testa bassa a percorrere chilometri di delitti e indagini.

L'assenza di Ricciardi per Maione era un guaio professionale. E non l'unico, giacché quelli che c'erano adesso, giovani ansiosi di compiacere i superiori, supponenti e incapaci, gli davano un enorme fastidio. Gli veniva sempre piú spesso voglia di prendere a calci loro, invece dei cosiddetti delinquenti che cercavano solo un modo per mangiare.

Ma questo, per Maione, rientrava nei problemi accettabili: alla soglia dei sessant'anni, in fondo, era lí lí per lasciare un lavoro divenuto pesante e godersi la meritata pensione.

Ed era qui che si palesavano i problemi grossi. E non certo per la pensione: quello era un beneficio. La tristezza gli veniva quando pensava alla famiglia.

Per il brigadiere la casa era sempre stato un porto sicuro. Una fonte di gioia, un disordinato paradiso popolato di angeli che gli saltavano al collo, cancellando in un attimo le scorie di una giornata a contatto con tutte le perversità del mondo.

Il guaio stava nel fatto che i bambini erano diventati grandi. In sé non sarebbe stato un male, primo perché era un evento naturale, e secondo perché lui

con la moglie stava bene, e di certo non si sarebbe annoiato in una casa divenuta all'improvviso piú grande.
Il problema stava nel mondo attorno.

Tutti i figli, a parte Giovanni che aveva scelto di fare il poliziotto, partecipavano alle organizzazioni del partito: Giovani italiane, Balilla, Avanguardisti, Fasci giovanili di combattimento. La casa pareva diventata la lavanderia di una caserma, con le divise appese dovunque ad asciugare, e gli orari delle riunioni, degli addestramenti, delle esercitazioni che si sovrapponevano e si intersecavano, cosí che non c'era piú un pasto, nemmeno il sacro pranzo domenicale, che li vedesse seduti a tavola insieme.

Ma nemmeno questo era il problema: un disagio, sí, ma non un problema. Il problema stava nella mentalità.

A Maione il velo era caduto dagli occhi il 10 di giugno. Quando alla radio Mussolini, come fosse stata una bella notizia, aveva detto che l'Italia era in guerra con la Francia e la Gran Bretagna.

Il cuore gli era balzato in gola. Si era sentito soffocare, convinto che gli fosse venuto un attacco di cuore. Gli erano passati davanti i figli che andavano a combattere chissà dove, le figlie in lacrime a casa, anni di privazioni e di sofferenze. Aveva fatto il calcolo di quanto vicino fosse il porto, e di come avrebbero patito gli effetti dei bombardamenti.

Poi si era reso conto che i suoi figli, maschi e femmine, saltavano e urlavano e si abbracciavano, come fosse il giorno piú bello della loro vita. Gli occhi di Maione avevano cercato quelli di Lucia, che portavano dentro la sua stessa sofferenza; e anche lo stesso sdegno per quella incongrua felicità, e per quella che si udiva arrivare dalle altre case attraverso la finestra aperta sul caldo di una primavera che era già estate precoce.

Avrebbe avuto voglia di cacciare un urlaccio, e di far capire a ceffoni quanto fossero fessi; invece si era alzato in silenzio, era andato in cucina, aveva aperto il rubinetto e si era lavato la faccia. Poi aveva bevuto un bicchiere di vino dopo l'altro, sperando di stordirsi.

Non era piú riuscito a togliersi di dosso il malumore e quel peso sul cuore che era un presagio di sventura. Uniti alla sensazione di non essere piú adatto a quel mondo e a quella città, con la quale era sempre stato in sintonia. All'improvviso era uno straniero. In casa propria, nel proprio quartiere, nel proprio ufficio.

Girò l'angolo della strada che conduceva al nuovo palazzo della questura, grande e presuntuoso come chi l'aveva immaginato, lontano dall'ambiente raccolto in cui era entrato come guardia semplice e aveva vissuto per quasi quarant'anni. Avvertí una fitta di malinconia al pensiero che se Ricciardi fosse tornato non avrebbe trovato nessuno nel vecchio stabile di via San Giacomo.

Udí uno strano suono provenire dall'androne di un palazzo. Un lieve schiocco ripetuto, un richiamo simile a quelli che si fanno per attirare l'attenzione di un gattino.

Si fermò, incerto. Si guardò attorno, ma non vide nessuno. Scrollò le spalle, si riavviò ed ecco di nuovo lo schiocco. Scrutò a terra, per scoprire dove fosse il gatto, ma niente. Strinse gli occhi per vedere meglio nell'oscurità dell'androne, e scorse una sagoma. Un passo incerto, due. E la sagoma si definí: una donna sottile, vestita di scuro, un cappellino vezzoso e una veletta a ricoprire il volto.

Maione provò un'invincibile stanchezza.

– Tu sei pazzo. Sei un pazzo, e io piú pazzo di te perché non ti sparo subito, cosí almeno mi tolgo lo sfizio prima che ti acchiappi una squadra di fascisti che mi leva questo divertimento.

La sagoma sussurrò:

– Lo sapete, brigadie'. Qua si deve stare attenti. Fascino e riservatezza.

XVI.

La porta dello studio si aprí con una certa furia. Ricciardi ne fu sorpreso: di solito bussavano, anche se c'era un'urgenza. Sulla soglia apparve la suocera, gli occhi spalancati.
– Scusami, Luigi. Ci sono i carabinieri, di sotto. Dicono che devono parlarti.

Con un attimo di ritardo, Ricciardi capí le ragioni della sua paura e ne fu intenerito.
– Non preoccupatevi, Maria. Sono comunicazioni che avevo chiesto io, in merito a una questione che riguarda la proprietà. State tranquilla. Arrivo subito.

La donna annuí, non del tutto persuasa. Il labbro le tremava.
– Giulio è fuori per la sua passeggiata, forse dovremmo dirgli di essere piú prudente.

Il commissario la rassicurò.
– State serena, il cavaliere non corre rischi. Siamo venuti qui apposta, no?

Nello scendere in fretta le scale, Ricciardi rifletté sul fatto che era stata proprio Maria la principale oppositrice al loro trasferimento. Perlomeno adesso sembrava essersi convinta che era stata la soluzione migliore.

Nell'ingresso c'era il maresciallo Masturzo, accompagnato da un uomo piuttosto anziano con indosso una divisa logora e sbiadita.

Ricciardi li salutò e li condusse in biblioteca. Indicò loro due poltrone, davanti a un divano dove sedette lui stesso.

Masturzo si schiarí la voce.

– Eccellenza, mi scuso per il mancato preavviso, ma voi stesso mi avete detto che vi premeva molto avere notizie sull'omicidio avvenuto trentaquattro anni fa nella vostra proprietà, perciò ho ritenuto di poter venire senza annunciare la visita.

– Certo, maresciallo. E vi sono grato per la solerzia, non avevo dubbi.

Il carabiniere indicò l'anziano.

– Vi presento anzitutto il maresciallo in congedo Costa, che ha comandato la stazione fino a venti...

L'altro lo corresse.

– Diciotto.

– ... fino a diciotto anni fa. Era in servizio all'epoca di cui mi avete chiesto, e al di là di ciò che appare nei registri, ho pensato che potrebbe magari dirvi qualche altro particolare. Il maresciallo Costa ha voluto indossare la divisa.

L'anziano assentí.

– Un carabiniere in congedo resta un carabiniere, vi pare, eccellenza? Anche se l'uniforme ha fatto il suo tempo. Come il sottoscritto, d'altronde.

– Allora, marescialli, ditemi pure.

Masturzo tirò fuori un foglio dalla tasca dei pantaloni.
– Dunque, eccellenza, il morto era un bracciante di nome Sarubbi Gaetano. Era residente a Fortino, in via del Gelso, e lavorava in un podere nella contrada di Casaletto, verso Sapri. Celibe. Ventiquattro anni.
Ricciardi restò sorpreso. Ricordava l'immagine di un uomo adulto, vecchio dalla sua prospettiva di bambino; e invece era poco piú di un ragazzo.
Masturzo continuò.
– Il fatto di sangue avvenne il 26 febbraio del 1906. Il cadavere fu rinvenuto da un giardiniere all'alba, in posizione seduta, sotto un tralcio di vite nel vigneto sito nella parte inferiore della vostra proprietà, dopo il viale di accesso dal cancello basso.
Lo so, disse fra sé Ricciardi. Lo so bene dove stava. E potrei dirvi la posizione esatta del coltello che lo ha ucciso, in che parte del torace, dove si depositò la fuoriuscita di sangue. E anche che cosa gli venne di dire, e non disse.
– Le indagini della locale stazione, comandata dal maresciallo Costa, individuarono l'assassino nella persona di Angrisani Rocco, di anni venticinque, coniugato, residente a Fortino in via Grande, terza traversa. Non fu possibile catturarlo perché si era reso irreperibile. Il processo si svolse in contumacia, e portò alla sua condanna al carcere a vita.
Ricciardi chiese:
– E in seguito questo Angrisani fu arrestato?
Rispose il maresciallo Costa.

– No, eccellenza. Si dissero molte cose: che si era unito ai briganti, che si era nascosto nei boschi. Eravamo sicuri che prima o poi sarebbe tornato dalla moglie e dai figli, ma non fu cosí. In seguito avemmo notizia della sua morte in Belgio, dopo una breve malattia.

A Ricciardi non bastava.

– Il movente del delitto? Perché lo uccise?

Masturzo indicò Costa.

– Le nostre risultanze si fermano qui, eccellenza. Per questo ho chiesto al maresciallo in congedo di accompagnarmi da voi. Ho pensato che, essendosi occupato delle indagini, potesse...

Costa lo interruppe.

– Gelosia, eccellenza.

Sembrava mortificato di trovarsi lí, con la divisa logora stretta sul ventre e gli stivali consumati.

Ricciardi ripensò alla voce sorda, agli occhi spenti, al polmone perforato che sbuffava sangue: *perdio, non l'ho nemmeno toccata la tua donna.*

– Perché gelosia, maresciallo?

– Angrisani era sposato con una bella ragazza; avevano tre figli, due maschi e una femmina. Lui era emigrato all'estero. Forse durante la sua assenza Sarubbi aveva corteggiato la moglie. Cosí si diceva in paese.

L'amore, rifletté Ricciardi. Il principe dei moventi.

– Una diceria non mi pare una prova, no? Qualcosa di piú dovevate avere. Altrimenti non si poteva ottenere una condanna cosí. Neanche all'epoca.

Costa parve ancora piú a disagio.

– C'era una conoscenza tra Sarubbi e la moglie di Angrisani. Una conoscenza che precedeva il matrimonio. La vittima era stata vista spesso vicino alla casa di Angrisani insomma. E la sera prima dell'omicidio, all'osteria, i due erano venuti alle mani. Davanti a diversi testimoni, Angrisani cercò di aggredire Sarubbi e lo minacciò di morte. Questo ci fu riferito. E poi, eccellenza, la fuga. Perché avrebbe dovuto sparire dalla circolazione, se non perché aveva paura di essere accusato dell'assassinio?

Non molto ma tutto sommato sufficiente, ragionò Ricciardi. Un banale litigio, una questione di gelosia: e la sua vita era stata rovinata per sempre.

Gli si presentò davanti il sogno che aveva fatto, e che lo aveva convinto a chiedere quelle informazioni. Il cadavere che, invece di ripetere le parole che conosceva, gli diceva: *ti sembra giusto? Tutti quei morti ammazzati, e io ancora senza giustizia.*

Chissà quale giustizia, si domandò.

Invece disse:

– C'è una cosa che mi sembra strana, però. Perché qui?

I carabinieri si fissarono, sorpresi. Masturzo chiese:

– Che volete dire, eccellenza?

– Questo Sarubbi non era un dipendente della mia famiglia, avete detto che lavorava a Casaletto. Angrisani invece era emigrato all'estero. Il litigio era avvenuto in osteria, le abitazioni erano nel villaggio. Che senso ha avuto incontrarsi qua, in una proprietà altrui, violando un domicilio? Di zone deserte in cui vedersi

per un chiarimento, o anche per un duello, ce ne sono a iosa nei dintorni. Perché proprio qui?
I marescialli si guardarono ancora. Poi Costa disse:
– Non vi saprei dire, eccellenza. Fu cosí facile individuare il colpevole che non andammo piú a fondo. Non è una domanda che ci ponemmo, allora.

XVII.

Maione scrutò attorno. Dopo il cambiamento di sede della questura, e a causa dello scarso interesse per la giornata lavorativa in generale che da un po' lo caratterizzava, non aveva approfondito una mappatura degli esercizi commerciali del circondario; anche perché erano assai piú i negozi che andavano chiudendo di quelli che provavano a lanciare nuove iniziative.

Individuò tuttavia un caffè a breve distanza, ricordando che aveva una saletta interna. Afferrò quindi per il gomito la figura velata e la trascinò fuori dell'androne, incamminandosi in fretta verso il locale e augurandosi di non incontrare nessuno.

Cosa che avvenne, invece; e c'era da aspettarselo, perché era l'orario d'ingresso del turno di giorno, quello col maggior numero di colleghi. Per fortuna, a vederla di sfuggita, la figura velata poteva essere scambiata per una vedova sofferente, malgrado le scarpe rosse dai tacchi altissimi e la statura che superava il metro e ottanta inducessero forti dubbi, specie in chi era incline a indagare sotto la superficie.

Piú d'una guardia si sbalordí nell'imbattersi in quella strana coppia nel tragitto dall'androne al caffè; ma distoglievano subito lo sguardo appena incrociavano quello del brigadiere, truce e colmo d'ira.

A passo spedito, seguito dal ticchettio precario dei tacchi sul selciato, Maione irruppe nel locale. Il banconista fece un sorriso complice, che si spense davanti al ruggito del brigadiere il quale ingiunse di non far passare nessuno nella saletta.

Una volta spinta all'interno la figura velata, Maione chiuse la porta e sibilò:

– Tu adesso mi dài una buona ragione per non strozzarti, o ti giuro che lo faccio. Ma sei impazzito? Ti rendi conto del guaio che puoi passare, e che fai passare a me? Ti sei scordato in che condizione stiamo, o pensi che tutto è come prima e non è successo niente?

La persona si sedette con grazia, sistemò le gambe con grazia e sollevò il velo. Con grazia.

– Brigadie', anch'io sono contenta di vedervi. Dopo tanto tempo, però, dovremmo limitare le effusioni, se no qualcuno potrebbe credere che c'è del tenero fra noi.

Il viso equino era pesantemente truccato. Il naso lungo, gli occhi profondi e neri e la grande bocca rossa esprimevano ironia e personalità. Avrebbe potuto dirsi il volto di una bella donna un po' angolosa, non fosse stato per l'alone della barba sulle guance che il belletto non riusciva a nascondere.

– Bambine', io speravo che fossi morto. Che una squadra fascista ti avesse preso e sbattuto in qualche isola lontana. E invece ti ritrovo nientemeno che sotto la questura, combinato... combinato in questo modo! Ma lo sai che per le leggi attuali io ti dovrei arrestare? Un uomo che se ne va in giro vestito da donna, di questi tempi, va in galera. E neanche lo voglio immaginare che succede in galera, a uno come te.

Bambinella rise, portandosi una mano guantata davanti alle labbra.

– E su, brigadie', ma chi mi deve riconoscere con questo vestito nero? Lo sanno tutti che Bambinella, la piú affascinante sciantosa della città, veste colorata e alla moda.

– Ah, mo' si dice «sciantosa». Be', le sciantose che non esercitano nei pubblici bordelli devono essere arrestate. Le femmine, intendo. I... le... quelli come te, invece, vengono deportati. Tu sei un pazzo, sei.

Bambinella fece un'espressione triste.

– Lo so, lo so, brigadie'. I tempi sono quelli che sono, e grazie per la vostra preoccupazione, mi fa capire che comunque mi volete bene. Però certe volte succedono cose... un poco particolari, che necessitano di discrezione.

Maione trasecolò.

– 'Azz', discrezione? Io non so nemmeno come hai fatto ad arrivare da casa tua fino a qua, senza un corteo di *scugnizzi* che ti seguivano urlando e spernacchiando. Sei un manifesto dell'oltraggio alla pubblica decenza.

Bambinella protestò.

– Ma se mi sono vestita da vedova! Pure la veletta, mi sono messa!

Maione era disgustato.

– Una vedova? Con quelle scarpe e le calze a rete?

Bambinella sbatté le ciglia, seduttiva.

– Allora me le guardate le gambe, brigadie'! Finalmente una crepa in quella corazza. Lo sapevo.

Maione fece per allungare le mani verso il collo del *femminiello*.

– No, ma io ti strangolo. Ti strangolo e ci leviamo il pensiero, dico a tutti che ti stavo arrestando per eccesso di schifo e che hai opposto resistenza. Parla, dimmi che vuoi e fammi andare a lavorare, ché già in questura non si starà parlando d'altro.

– Allora, brigadie', rilevato che non mi avete offerto neanche un surrogato, vi devo raccontare una cosa importante. Molto importante. Anzi, importantissima, direi.

Maione sospirò, lasciandosi cadere su una sedia.

– Bambine', per favore, non divagare. Non puntualizzare. Non chiarire. Non approfondire. Parla e basta. Te ne prego. Sono le otto di mattina e già non ne posso piú.

Il *femminiello* fece schioccare la lingua.

– Eh, ma parlare a bocca asciutta è difficile, brigadie'. Una si strozza.

E, a rimarcare il concetto, emise una salva di tosse cavernosa che nulla aveva di femminile. Maione balzò in piedi e abbaiò al barista l'ordine di due surrogati e due bicchieri d'acqua. Poi si dispose in attesa, mentre Bambinella si copriva di nuovo il volto col velo.

Consumate le bevande, Bambinella riprese.

– Allora, carissimo brigadiere, dovete sapere che io tengo un'amica che è tanto una brava persona, però è stata sfortunata perché ha dovuto lasciare il bordello

dove lavorava visto che una sua collega infame ha riferito alla *madàm* che qualche volta faceva un poco di servizietti in proprio e intascava i guadagni extra. Io poi non capisco per quale motivo una non si deve fare i fatti suoi, che ci sta di male se una ragazza integra...
Maione estrasse la rivoltella dalla fondina e la appoggiò sul tavolo.
Bambinella spalancò gli occhi e parlò in fretta.
– Be', quest'amica mia si è organizzata a casa, ma io non vi ho detto niente, per carità, lo so che è un reato. Ma un motivo ci sta se ve lo sto dicendo, anche se non ve lo sto dicendo perché voi siete un poliziotto e non potete...
Maione tolse la sicura all'arma.
Bambinella disse, ancora piú in fretta:
– Quest'amica mia tiene un amico, diciamo un cliente ma piú una specie di fidanzato. Ci va sempre, ogni volta che può, e lei ci tiene assai, credo che non lo fa neppure pagare, o almeno gli fa un bello sconto, o si prende regali che...
Maione armò il cane della rivoltella.
Bambinella deglutí, e il poco femminile pomo d'Adamo fece un paio di tragitti veloci dal mento alla base del collo.
– E insomma, questo amico della mia amica, di cui lei non mi ha voluto dire il nome, è un militante antifascista. E ha raccontato all'amica mia che stanno preparando un'azione, cosí ha detto, per ammazzare un tedesco. Uno importante. Uno che deve venire in città.
Maione restò a bocca aperta, la pistola in mano.

– Un... un attentato, dici? E come si chiama, questo tizio che devono ammazzare?
Bambinella scrollò il capo.
– Non lo so, brigadie'.
– E l'informatore, come si chiama?
Il *femminiello* guardò la pistola e scrollò di nuovo il capo.
– Non so nemmeno questo. Ve l'ho detto.
– Perfetto. Quindi ti posso ammazzare. Giusto per curiosità: ma per quale dannato motivo sei venuto a dirmi quello che non sai? Parla con calma, perché saranno le tue ultime parole.
– Perché a fare questo attentato sarà il dottor Modo.

XVIII.

Ricciardi rimuginava sul colloquio coi due carabinieri. E non era per nulla soddisfatto. Certo, adesso il cadavere che gli aveva orientato l'esistenza aveva un nome e un cognome. E anche una storia, una ricostruzione delle sue ultime ore.

E un nome e un cognome aveva il colpevole, che non aveva confessato ma tuttavia aveva tenuto un comportamento inequivocabile: fuga, latitanza, morte all'estero.

C'era persino il movente: una rissa con minacce la sera precedente l'omicidio. Tutto molto chiaro, nessuna zona d'ombra.

Eppure, al commissario troppe cose non tornavano. Si fosse trattato di un crimine come quelli che arrivavano sulla sua scrivania in questura, forse si sarebbe accontentato come aveva fatto il maresciallo Costa: appurate identità del responsabile, ragioni e premeditazione del delitto, non ci sarebbe stato altro da ricercare.

E però si trattava del primo morto ammazzato che Ricciardi aveva avuto la ventura di vedere; aveva bisogno di saperne di piú. A cominciare dal motivo per cui l'uccisione era avvenuta nella proprietà dei

Malomonte, cosí al di fuori dei posti frequentati da assassino e vittima.

Non sarebbe stato facile individuare qualcuno che, a distanza di tanto tempo, rammentasse particolari dell'evento: ma ci si poteva provare. Ricciardi non voleva lasciare nulla di intentato.

Il primo pensiero andò ai Vaglio, i famigliari di Rosa e Nelide. Erano da sempre a servizio dei baroni di Malomonte, leali ai limiti della devozione. Le donne si occupavano della casa e gli uomini dei possedimenti, e nessuno di essi avrebbe osato non solo mentire al barone, ma nemmeno mostrarsi reticente se in possesso di informazioni.

Della generazione che aveva preceduto quella di Nelide, dodici tra fratelli e sorelle, erano rimasti in tre. Uno era il padre della giovane governante, Andrea, che all'epoca del fatto doveva essere stato all'incirca quindicenne e quindi avrebbe potuto serbare pochi e frammentari ricordi; l'altra era Filomena, che però era sordomuta e non avrebbe potuto raccontare nulla.

C'era però Vincenzo. Adesso era intorno alla settantina, quindi doveva avere avuto oltre trent'anni all'epoca dell'uccisione di Sarubbi. Non si era mai mosso dal borgo in cui aveva sempre vissuto, e un episodio del genere di sicuro aveva avuto un'eco fortissima in una località cosí piccola. L'unico problema era capire come stesse ora, se avesse cioè conservato la memoria e fosse in grado di riferire; Ricciardi non lo vedeva da quando aveva dodici anni, e ne aveva una vaga reminiscenza.

Nelide gli disse che lo zio stava tutto sommato bene, a parte gli acciacchi dell'età. Abitava nella casa dei Vaglio, a Tortorella, a una decina di chilometri dal palazzo dei Malomonte, accudito da due delle sei figlie rimaste zitelle.

Ricciardi ci andò da solo. Disse ai suoceri che doveva visitare alcuni poderi e non sarebbe rientrato per pranzo. Non poteva raccontare loro di questa nuova ossessione, né avrebbe avuto senso dipingere la zona come poco rassicurante.

Lungo la strada il commissario si interrogò sulla vera motivazione di quella ricerca. E dovette ammettere che la perentoria richiesta di giustizia avanzata dal cadavere apparsogli in sogno aveva avuto un peso. Sentiva come una responsabilità, un mandato ad agire. Certo, era stata solo una visione: ma erano visioni anche le immagini che Ricciardi vedeva sui luoghi dei delitti, che non gli davano pace fino alla soluzione dei casi.

I Vaglio vivevano in una bassa costruzione in pietra. Come quasi tutto nei dintorni, apparteneva a Ricciardi; ma nessuna delle sue proprietà avrebbe generato rendite tanto consistenti se quella solida famiglia di incredibili lavoratori non fosse stata al fianco dei Malomonte, da generazioni. Tale consapevolezza, unita al ricordo dolcissimo della tata che gli aveva fatto da madre e gli mancava quasi quanto Enrica, gli induceva rispetto e reverenza nei riguardi di Vincenzo, attuale capofamiglia.

Quando il commissario entrò, ci fu un attimo di sorpresa. Poi le due figlie, Guendalina e Carmela, si affannarono a mettere a posto una casa che non necessitava di alcuna cura. Erano tozze e tarchiate, sgraziate e dai lineamenti irregolari. Occhi bassi e spalle curve, cominciarono a portare in tavola alimenti di ogni tipo. Ricciardi si sentí catapultato in una favola nordica popolata di elfi e fate, gnomi e streghe. Disse di non avere appetito, ma le sorelle non sembrarono aver sentito.

Vincenzo fece il suo ingresso poco dopo. L'immane fatica di una vita trascorsa nei campi, a strappare frutti a una terra difficile, l'aveva invecchiato oltremisura. Aveva settant'anni, ma ne dimostrava cento. La pelle rugosa era cotta dal sole, la schiena piegata dai tanti pesi portati, le ginocchia erano irrigidite dai chilometri percorsi. Ma la memoria era limpida, e dalla bocca, benché priva di denti, venivano fuori pensieri cristallini.

Vincenzo non parve sorpreso dalla richiesta di Ricciardi, non stava a lui sindacare il bisogno di informazioni del barone di Malomonte.

– Me lo ricordo, eccellenza. Certo che me lo ricordo, Gaetano Sarubbi. Faceva il bracciante, aveva una bella forza ma poca voglia di faticare. Lavorava a stagione, qualche volta lo abbiamo utilizzato anche noi. Non era cattivo, ma si beveva tutto quello che guadagnava. Per questo non si era sposato.

– Ma perché Angrisani ce l'aveva con lui?

– Perché era stato il primo corteggiatore della moglie, Annina. Poi la ragazza aveva scelto Rocco, e Sarubbi se n'era fatta una ragione. Forse Rocco era convinto che si erano visti ancora, dopo che lui era partito per l'estero.

– Ed era vero?
– E chi lo sa, eccellenza. Forse. Ma io non credo, era una brava giovane, Annina. Bella, purtroppo. E questa fu la rovina sua.

Ricciardi assentí. La bellezza poteva essere un difetto grave per una donna, in un mondo di maschi assetati di possesso.

– Però, Vincenzo, qualcosa doveva essere accaduto. Qualche fatto che aveva portato Angrisani a immaginare che la moglie e Sarubbi avessero una relazione. Non si ammazza uno cosí, per una supposizione.

Vincenzo, metodico e misurato, si accese la pipa. Ricciardi attese.

– Mica è facile andare a lavorare fuori, eccellenza. Uno desidera tornare a casa, godersi la moglie, i figli. E dalle parti nostre di terra ce n'è. La gente non va via spesso, non è come in città. Rocco Angrisani invece dovette partire per forza, perché il suo secondo bambino non stava bene e si doveva curare. Per via di questa malattia la moglie non lo poté seguire. Forse, a furia di stare lontano, Rocco si fece venire brutte fantasie.

– Ma secondo voi per quale motivo questo omicidio è avvenuto nel vigneto del palazzo? Che ci facevano là, Angrisani e Sarubbi? Di certo non si erano incontrati per caso. E a quanto mi ha raccontato un carabiniere che indagò sul fatto, avevano litigato la sera prima. Perché il giorno dopo Angrisani cercò e trovò Sarubbi nel nostro giardino?

Vincenzo soffiò una nuvola di fumo. Il viso grinzoso non lasciava trasparire emozioni.

– Non ve lo so dire, eccellenza. Ce lo chiedemmo, all'epoca. Forse Sarubbi era venuto a cercare l'appoggio di vostro padre, tutti si rivolgevano a lui per avere sostegno. Forse aveva paura, proprio per il litigio della sera precedente. Quello che è certo è che le vittime, alla fine, furono quattro e non una.
– Perché quattro?
Vincenzo enumerò sulle dita deformate dall'artrite.
– Sarubbi, con una coltellata. Ma anche Angrisani, che dovette scappare ed è morto all'estero senza trovare pace. E poi il figlio malato, che morí perché il padre non lo poté piú aiutare. E pure Annina, che si ammalò per la vergogna e il dolore e se ne andò dopo tre mesi, giovane e bella com'era.
Calò il silenzio. Guendalina e Carmela presero a portare altro cibo in tavola, nonostante nessuno avesse toccato niente.
Poi Ricciardi domandò:
– Che voi sappiate, Vincenzo, c'è qualcuno che si può ricordare di questa famiglia?
– In paese abita ancora Teodoro, il figlio piú grande. Fa il maniscalco e il fabbro. Non tiene un bel carattere, ma è lavoratore e rispettoso. Potete parlare con lui, eccellenza.
Ricciardi non ebbe cuore di andar via senza mangiare qualcosa. Ma non vedeva l'ora di tornare a casa.

XIX.

Da quando erano a Fortino, il fantasma di zi' Rosa non si era fatto vedere.
All'inizio Nelide ne era stata sollevata. Certo, le faceva piacere la presenza della zia, che mai le era mancata dacché era passata a miglior vita; ma capitava che si facesse un poco fastidiosa, con tutte quelle domande sui sentimenti e i continui richiami a ciò che doveva o non doveva fare.
Un po' alla volta, Nelide non ne aveva piú notato l'assenza. Forse, si era detta, in città zi' Rosa si sentiva in dovere di assisterla proprio perché non era il posto dove la ragazza era nata e cresciuta, e poteva essere disorientata. E magari lí, a Fortino, la defunta zia si fidava di piú della nipote e delle iniziative che prendeva.
In effetti era cosí. Nelide parlava la lingua che sapeva parlare, alzava la voce se doveva alzarla e, se era il caso, elargiva secchi grugniti di approvazione. Nessuno tra contadini, mezzadri, fittavoli e braccianti si sarebbe sognato di mettere in discussione l'autorità di quella giovane tanto tozza e sgraziata quanto abile nello scoprire le magagne sotto la superficie.

Zi' Rosa, insomma, non si mostrava piú perché non ce n'era bisogno. Nelide lí la chiamavano *'a Cumandante*, quando credevano che non ascoltasse. Ma tra le facoltà sovrumane della ragazza c'era una specie di raggio uditivo circolare, e il soprannome non le dispiaceva. Piú la temevano, meno sarebbero stati tentati di fregare il signorino suo. E tanto le bastava.

Se qualcuno le avesse chiesto di sé, non avrebbe saputo cosa rispondere. Lei viveva per svolgere la missione che le era stata assegnata, e cioè far stare bene Luigi Alfredo Ricciardi di Malomonte e la figlia Marta. Il resto non aveva rilevanza. Nelide Vaglio doveva rimanere concentrata su quel compito. Ogni fonte di distrazione andava rimossa all'istante, e lo avrebbe ripetuto a zi' Rosa se lei glielo avesse ricordato: statevi tranquilla, zi' Ro'. Io non mi distraggo. Né mo', né mai.

Era immersa in quei ragionamenti mentre risaliva la via verso il palazzo, dopo un rapido giro dei poderi. Aveva registrato un pianto greco dei fittavoli in merito alle conseguenze delle forti piogge e delle grandinate che c'erano state in primavera, ed era andata a controllare di persona. Come sospettava, il raccolto era stato normale e non ci sarebbe stato bisogno di alcun sostegno all'attività.

Nonostante dalla mattina non si fosse mai fermata, l'andatura non tradiva stanchezza. Le gambe tozze macinavano il sentiero polveroso. C'era da predisporre la cena, e la supervisione della signora Maria era utile ma non sufficiente. Non ci voleva certo lo spirito della zia per insegnare a Nelide come dirigere una casa.

Lí, nell'amato Cilento, nessuna intrusione. Ognuno al posto proprio. E nessun fruttivendolo cantante, che pur di vendere un chilo di limoni in piú si metteva a corteggiare le domestiche.

La sua mente aveva appena espresso tale pensiero che, seduta su una pietra miliare a ripararsi dal vento, Nelide vide una figura dall'aria familiare.

Sul momento, si convinse che qualcosa nella testa non le funzionasse. In fondo apparteneva a una famiglia in cui una zia era sorda e muta, e un'altra non si rassegnava a essere morta. Per cui era possibile che pure lei soffrisse di una menomazione, quella di considerare un fatto, anche di sfuggita, e poi il fatto si manifestava nella realtà. Questo non avrebbe dovuto in alcun modo ritardare la cena del signorino e della baronessa, quindi non intendeva perdere tempo. Un fantasma è un fantasma. Peggio per lui.

Ma quando si accorse di Nelide, il fantasma balzò in piedi e si tolse il cappello. Con un sorriso che voleva essere seducente e invece alla ragazza sembrò ebete, fece un passo avanti e le sbarrò il cammino.

– Ciao, Nelide. Hai visto che sorpresa ti ho fatto?

Era Scuotto Gaetano, detto Tanino 'o Sarracino per via dei raffinati tratti orientali, il sogno proibito delle signore di Materdei e della Sanità, puberi, sposate e attempate. Ambulante di frutta per mestiere, cantante per svago e affascinante per vocazione.

Nelide lo affrontò a brutto muso.

– *He' juto a Sessa pe' 'na ciotula.*

Il detto cilentano metaforizzava un lungo tragitto compiuto inutilmente, ma per sua fortuna Tanino aveva rinunciato da un pezzo a comprendere le strane rotte dei proverbi di Nelide.

– Ti chiedo soltanto cinque minuti. Ti devo dire una cosa.

Nelide aveva assunto una posizione a testuggine, pronta alla lotta fisica. Tanino arretrò e ripeté:

– Soltanto cinque minuti.

La ragazza lanciò un'occhiata al sole calante. In fondo cinque minuti non avrebbero comportato un ritardo rilevante della cena. Fece un rigido cenno di assenso, e sentenziò:

– *Vizio 'e natura, finu a la morte dura.*

Intendeva dire che era inutile provare a cambiare la testa delle persone, ma Tanino sbatté le palpebre e considerò la risposta come positiva. Tirò il fiato e parlò.

– Nelide, io non lo so perché con te mi succede questa cosa. Io con le femmine, insomma, faccio lo scemo per vendere la frutta, ma non mi interessano, sono *'nu guaglione* serio, se si tratta di scherzare scherzo, ma mai, mai mi sono permesso di illudere qualcuna. Però quando vedo a te, Nelide... Io non lo so perché, cioè, tu sei di sicuro una ragazza bellissima, ma non è quello, io ti vedo e mi viene una specie di vertigine qua.

E si picchiettò all'altezza dello stomaco.

La ragazza bellissima sembrava intagliata nel legno da una mano inabile: le lunghe braccia penzoloni sui fianchi, la testa priva di collo incassata nelle spalle da

scaricatore, i fianchi larghi quanto il torace da cui si irradiavano gambe grosse come tronchi. Nessuna espressione sul viso diffidente e irsuto.
– *Lu tiempo scorre e passa, comme a lu sciummo.*
Tanino intuí una similitudine tra lo scorrere del tempo e del fiume, e riprese a parlare.
– Ti ho aspettata, ma non ti ho vista piú al mercatino. Mi sono preoccupato, ho pensato che stavi malata e sono venuto al palazzo tuo. La portinaia però mi ha detto che eri partita, allora sono andato di fronte, a casa dei suoceri del signore tuo, e mi hanno detto che erano partiti pure loro.
Nelide teneva gli occhi fissi sulla faccia di lui. Li mosse per guardare l'altezza del sole all'orizzonte. Tanino capí l'antifona e accelerò.
– E insomma, sono andato al negozio di cappelli e guanti, mi sono messo un poco a chiacchierare con una commessa che siccome... vabbe', mi ha detto dove eravate andati tutti: l'ho convinta, diciamo, e me l'ha detto. Allora ho spiegato ai miei fratelli che per un poco di tempo ci dovevano stare loro, al mercatino. Perché io dovevo partire. E sono qua.
– *Patruni ro vastimiento, varca scasciata.*
La giovane minimizzava il valore del sacrificio, ma le parole caddero nel vuoto dell'incomprensione di Tanino. Che disse:
– Nelide, io devo sapere che fai. Se torni, e quando torni. O se resti qua, e perché. Io devo sapere se... se ti fa piacere di vedermi, perché io se non ti vedo mi manca l'aria. Io lo devo sapere, capisci? Altrimenti

non dormo piú. E io, quando non dormo, non riesco a fare niente.

La giovane lo scrutò inespressiva.

– *Tu me sa ca vuo' fa' trase lu ciuccio pe' la cora.*

Credo tu voglia far entrare l'asino nella stalla a marcia indietro, avrebbe tradotto un filologo cilentano. Pretendi l'impossibile, era il significato.

Per fortuna Tanino non capí.

Il sole era calato troppo, e Nelide si avviò verso il palazzo.

XX.

Seduta allo scrittoio, Bianca Borgati dei marchesi di Zisa, contessa Palmieri di Roccaspina, continuava a distrarsi guardando il mare.

Aveva promesso a sé stessa che la lista degli invitati sarebbe stata pronta per quel giorno, ma era incapace di concentrarsi. In realtà non avrebbe voluto dare nessuna festa, ma tutti se lo aspettavano e alla fine aveva ceduto.

Il 7 di luglio si avvicinava, mancavano pochi giorni al suo quarantatreesimo compleanno. In qualche maniera era anche la celebrazione di un nuovo inizio, aveva stretto amicizia con molte persone perché aveva aperto i saloni della casa sul lungomare dopo aver smesso il lutto per la morte di Carlo Marangolo, il carissimo, dolce amico che l'aveva nominata unica erede delle sue immense ricchezze. Sapeva di essere ormai il riferimento di una mondanità che, rinchiusa nel recinto del proprio benessere, aveva deciso di ignorare la fame e la miseria che la circondavano, e perfino la guerra, che imponeva un'aristocrazia rinnovata e tutt'altro che nobile.

Era questo a renderle difficile compilare la lista. Doveva tener conto dei vertici cittadini del partito, e anche di qualcuno dei nazionali; ma faticava a immaginarseli dentro casa, insieme ai membri di antiche famiglie legate a un passato ormai scomparso.

E poi c'era Ricciardi. E c'era sua figlia, Marta. La loro assenza la angustiava, ma non poteva parlarne a nessuno. Nell'illusione di una famiglia che aveva coltivato tra sonno e veglia, loro due ne erano i componenti. Per averli con sé avrebbe rinunciato a tutto quel lusso, che a volte le pesava come una condanna.

Ma per il commissario Bianca era soltanto un'amica: lei ne aveva preso coscienza e si era adeguata. L'amore non ricambiato non doveva piú far parte della sua esistenza.

Con Marta, però, era diverso. La consapevolezza che il tempo per avere un figlio fosse ormai trascorso, aveva coinciso con l'entrata nella sua vita di quella sensibile e intelligente bambina che la sorte aveva privato della madre. Si erano incontrate, due navi abbandonate nella tempesta, e si erano riconosciute. Il fatto che Ricciardi, rimasto solo e disperato, le avesse affidato il ruolo di madrina nonché di responsabile dell'educazione della figlia era stato il piú miracoloso dei regali. Peraltro, c'era un che di magico nella coincidenza dei due compleanni, il suo e quello di Marta: un giorno che negli anni precedenti era stato occasione di festa gioiosa, e adesso era fonte di malinconia.

Gli occhi viola si soffermarono sulla superficie luccicante dell'acqua del golfo, e luccicarono di rimando.

Bianca doveva starsene lí a stilare una lista di gente che non aveva voglia di incontrare, mentre le uniche persone che avrebbe voluto abbracciare erano lontane da lei e dalla città. Sulla soglia si profilò la sagoma discreta di Achille, il maggiordomo ereditato da Carlo insieme alla residenza. Disse alla contessa che c'era una strana visita, ma non aveva detto che era in casa: se avesse voluto, avrebbe congedato gli ospiti. Fu tentata di rifiutare, non era nello spirito di fare salotto; poi però domandò ad Achille di descriverle quelle persone, e via via che il domestico parlava le si apriva un sorriso imprevedibile fino a qualche istante prima.

Dopo poco, una sfolgorante contessa di Roccaspina ricevette un imbarazzato brigadiere accompagnato da quella che sembrava un'inconsolabile vedova dalle scarpe rosse.

Maione teneva il berretto in mano, attento a non degnare di uno sguardo il curioso essere che aveva accanto.

– Contessa, vi chiedo scusa per la visita inattesa che, mi dovete credere, non mi sarei mai permesso di fare se non fosse stato per l'urgenza della situazione.

– Brigadiere, non vi dovete scusare, è un piacere rivedervi. Ma non mi presentate la signora, vostra amica?

Maione fece un salto.

– Non è mia amica. E a dire la verità, non è nemmeno una signora. Bambine', alzati 'sta veletta e fatti vedere dalla contessa.

Bambinella sollevò con orgoglio il velo.

– Molto onore e molto piacere, conte'. Mi chiamo Bambinella, a servirvi.
Achille, rimasto sulla soglia, inarcò un sopracciglio. Bianca trattenne a stento una risata.
– Molto piacere e molto onore per me, carissima signora. A che devo la vostra visita?
Maione aveva assunto una colorazione vinaccia ed emetteva un suono continuo, simile a un motore al minimo dei giri.
– Contessa, il qui presente Bambinella, che è una, diciamo cosí, conoscenza mia professionale, e ci tengo a sottolineare professionale della professione mia, non la sua che neanche voglio approfondire nel salotto vostro, stamattina è venuto a mettermi a parte di un'informazione riservata che non siamo riusciti a capire come gli è arrivata perché non fa nomi e cognomi...
– Scusatemi, brigadiere, ma non riesco a seguirvi. Forse è meglio se mi dite cosa è successo senza troppi giri di parole.
Maione trasse un respiro e raccontò in sintesi quello che gli aveva detto Bambinella. Quando ebbe finito, Bianca si lasciò cadere su una sedia, impallidita.
– Con tutto il rispetto, brigadiere... Voglio dire, avete ragione di credere davvero a questa cosa? Che sia stato deciso un attentato contro un ufficiale tedesco?
– Cosí parrebbe, contessa. E devo dirvi che pure se non sembra, e non sembra, Bambinella è la persona piú attendibile della città per quanto concerne le informazioni riservate.
Bambinella, rimasta zitta fino ad allora, intervenne.

– E pure l'amica mia, conte'. Me lo è venuta a dire perché mi deve un favore, e sa che il dottor Modo mi è molto caro. Io mo' non so dirvi chi è l'ufficiale e perché lo vogliono ammazzare, ma...
– Lo so io. Sono stata anche invitata a questa cerimonia dall'autorità portuale, ma avevo pensato di non andarci. Si tratta di Heinrich Simon, un gran papavero del Reich. Sarebbe un incidente gravissimo. E soprattutto, l'attentatore non avrebbe nessuna possibilità di farla franca, quand'anche riuscisse nell'intento. Ci sarà uno spiegamento di forze incredibile.

Maione allargò le braccia.
– Io non capisco, contessa. È come se il dottore volesse ammazzarsi. Non è la prima volta che si mette nei guai. Però a salvarlo ci ha sempre pensato il commissario Ricciardi. Solo che adesso il commissario è lontano, e io non so proprio come fare. Perciò mi sono permesso di disturbarvi. Non saprei da chi altro andare, a chi rivolgermi.

Bianca si alzò e prese a passeggiare avanti e indietro, torcendosi le mani.
– Dobbiamo fare qualcosa. È necessario. Temo che parlargli sia inutile, un uomo come lui avrà raggiunto le proprie decisioni dopo un ragionamento attento.

Maione chiese:
– Voi lo conoscete, contessa?
– Sí, certo. L'ho incontrato a casa di Ricciardi, abbiamo cenato insieme. Uno splendido conversatore; con una vena di malinconia, ma ironico e brillante. Mi piace molto –. Si fermò, come colpita da un'idea.

– Ho un amico, un caro amico. In gioventú ha fatto teatro. Forse ci potrebbe aiutare a raggiungere lo scopo, se creiamo le giuste circostanze.
Maione sembrava perplesso.
– Quale scopo, contessa?
– Semplice, brigadiere. Dovete arrestare il dottore.

XXI.

Ricciardi si informò con Nelide su Teodoro Angrisani, maniscalco e fabbro. Scoprí cosí che si trattava dell'affittuario di un locale dei Malomonte, un deposito adibito a officina con annessa abitazione al primo piano.

La governante, che non consultava alcun registro e riferiva i dati a memoria come se il fabbro fosse l'unico locatario da tenere a mente, gli disse che era uno dei pochi a essere puntuale nei pagamenti e a non chiedere mai dilazioni o sconti. Inoltre, durante l'ispezione da lei effettuata al rientro nel Cilento per verificare lo stato delle proprietà, deposito e abitazione erano risultati in ordine. Nulla di negativo da segnalare, quindi.

Ricciardi chiese anche notizie sulla famiglia, e apprese che Teodoro era sposato e aveva tre figli maschi.

Quando Nelide ebbe lasciato lo studio per tornare alle sue eterne e misteriose faccende, il commissario uscí per prendere aria. Dedicarsi a quel vecchio omicidio dimenticato era un modo di riflettere su sé stesso, sul ritorno a Fortino e in generale sulla sua vita.

Dopo non esserci passato per piú di trent'anni, adesso andava ogni giorno nel punto in cui, una mattina di luglio del 1906, si era trovato al cospetto di un cadavere che gli parlava come se quel bambino dalla spada in legno fosse un assassino. Per arrivarci si doveva camminare per quasi mezzo chilometro: la proprietà era grande e il luogo era alla fine del viale d'accesso, la strada che facevano fornitori, braccianti e servitú per raggiungere il palazzo.

Si domandò ancora una volta perché mai sentisse l'impulso irrefrenabile a fare luce su quella vicenda; ma non seppe darsi una risposta soddisfacente. L'idiosincrasia per i misteri e le zone d'ombra, certo: era la sua natura, ciò che l'aveva spinto verso la scelta professionale che aveva fatto. E in quella storia di zone d'ombra ce n'erano, eccome.

Il posto. La ragione per la quale Angrisani aveva raggiunto Sarubbi proprio lí, avendolo comunque a portata di coltello vicino a casa o all'osteria.

Ricciardi però si poneva anche altre domande, e se le ripeté mentre procedeva all'ombra degli alberi prima di inoltrarsi in direzione dei vigneti. Perché quell'esplosione di gelosia? In fondo il maresciallo in congedo gli aveva fatto capire che la moglie di Angrisani era una brava ragazza, che non dava adito a dubbi; e Sarubbi aveva negato con forza ogni contatto con lei, riconoscendone persino la condizione di sposa fedele: *perdio, non l'ho neanche toccata la tua donna*, cosí aveva detto.

Ma non era solo questo.

Gli anni trascorsi a rimestare nella melma delle passioni oscure lo avevano reso abile a interpretare i sottintesi. Ecco perché preferiva percorrere chilometri pur di ascoltare di persona le testimonianze della gente.

E lui, sia nelle parole del maresciallo Costa sia in quelle di Vincenzo Vaglio, aveva colto un'incrinatura. Niente di evidente, anzi, un che di sommerso, lontano dalla superficie della coscienza. Ma i due anziani, cosí distanti per cultura, posizione e funzione, gli avevano taciuto un particolare per il momento oscuro.

Non pensava che avessero voluto proteggere qualcuno. Aveva avuto conferma diretta della loro lealtà, in entrambi i dialoghi. E forse si trattava di un vecchio pettegolezzo che Vaglio e Costa avevano ritenuto disonorevole citare. Ma qualcosa c'era, l'aveva avvertito con chiarezza.

Rimpianse di non poter contare sulla presenza di Maione. Se c'era qualcuno in grado di rilevare e confermargli l'impressione irrazionale, era lui. Ripensò, mentre le suole scricchiolavano sul pietrisco del vialetto, alle volte in cui, lasciato un testimone, aveva sollevato gli occhi verso quelli del brigadiere per ricevere l'immediata conferma della propria percezione.

C'era qualcosa. Ne era sicuro. Non poteva sbagliare.

Aveva molto da riflettere su sé stesso, dacché era tornato. Perché si portava addosso quanto gli era successo nei lunghi anni di lontananza: l'esperienza professionale, il nuovo modo di ragionare e osservare i fatti. E naturalmente Enrica, il fortissimo e irripetibile amore che gli aveva rivoluzionato l'esistenza.

Ma c'era anche l'aria che stava respirando adesso. L'odore di erba tagliata e di pioggia notturna, il ronzio degli insetti e l'ombra fresca delle foglie. E la sensazione tutt'altro che rassicurante di trovarsi nel posto giusto. Dove gli toccava stare, nel bene e nel male, e dove esercitava una funzione.

Perché in quel luogo lontano dal clamore cittadino e fuori del tempo, dove il rumore della guerra era il riverbero di un altro mondo e si lottava per strappare alla terra ciò che si poteva, Ricciardi non era un uomo qualsiasi che vagava alla ricerca della verità.

In quel luogo, Ricciardi era il barone di Malomonte. Proprietario di gran parte del territorio, autorità riconosciuta, figlio di suo padre, nipote di suo nonno e via risalendo fino a un'èra che si perdeva nelle nebbie della memoria.

Da lui ci si aspettava giudizio e giustizia. Era lui a dispensare benessere e sopravvivenza. E doveva tenerne conto, nel bene e nel male.

Attraverso gli alberi scorse Marta seduta sulla coperta accanto alla vecchia zi' Filumena, sotto l'ulivo sulla cima del poggio. La bambina non poteva vederlo né sentirlo, ma Ricciardi rallentò lo stesso tenendo gli occhi su di lei e godendosi l'ondata di tenerezza che gli pervase il cuore.

Marta. Era il tramite fra la città dove il commissario aveva incontrato Enrica, era stato un poliziotto, aveva stretto amicizie e conosciuto il male in ogni forma, e la terra aspra ma sincera nella quale il vento era vento e la pioggia era pioggia.

Lí esistevano i figli, e la famiglia era l'unico dio.

Giunse al vigneto in cui aveva visto il cadavere. Una tortora beccava proprio là dove era caduto Gaetano Sarubbi, colpito a morte trentaquattro anni prima. E Ricciardi si trovava nel punto esatto nel quale da bambino si era fermato dopo aver inseguito una lucertola. Gli venne in mente la madre. E come il suo atteggiamento fosse divenuto quasi colpevole e addolorato davanti a quella che poteva sembrare la follia di un ragazzino. Il commissario si domandò se la consapevolezza di avergli trasmesso quella terribile condanna avesse avuto un peso nella pazzia di lei. Se la malattia mentale che l'aveva condotta alla morte fosse scaturita dalla colpa irredimibile che il piccolo Luigi Alfredo, con il suo racconto concitato, le aveva inflitto.

Anche per questo, pensò, devo andare a fondo. Anche per questo devo capire.

Non voglio ombre nel mio passato.

Tornò a passo svelto verso casa. Avrebbe convocato Teodoro Angrisani, avrebbe parlato con lui.

Per eliminare le ombre, rifletté, bisogna trovarle.

XXII.

E che può raccontare una donna di novant'anni, che non si è mai mossa da un paesino in mezzo alle montagne, a una bambina di sei anni che è nata in una città piena di gente e che corre e canta e urla dalla mattina alla sera? Che può raccontare una contadina figlia di contadini, che ha fatto la cosa piú mondana della sua vita quando ha lavorato come domestica in una casa di nobili, a una piccola baronessa che di quella famiglia è l'erede?
    Molto, può raccontare. E siccome a quanto pare non ha bisogno della voce e delle parole, basta il pensiero. Basta ricordare, per raccontare. Anche se tu, piccola baronessa, magari certe cose non le capisci adesso, ma di certo le capirai quando sarai piú grande e le rammenterai, senza sapere bene se era una favola, un fatto che ti sei immaginato da sola in una mattina d'estate sotto un ulivo, oppure la realtà.
    E ti voglio raccontare di qualcosa che per te ancora non esiste, se non in quello che senti dire mentre i grandi parlano tra loro; e che per me non esiste piú, ammesso che sia mai esistito, se non per ciò che mi è stato dato di vedere e di capire quando ero una cameriera muta e sorda, cosí credevano loro, sorda, anche se sorda non sono

mai stata, come ti ho detto l'altra volta e mi raccomando, non dimenticare che è un segreto, una cosa che nessuno sa. E a pensarci bene neanche tu lo sai, piccola baronessa, perché di certo nessuno potrebbe credere a questo piccolo miracolo, di me che ti dico le cose e di te che le senti, io senza voce e tu senza orecchie.
 Che strano, eh?
 Ti voglio raccontare dell'amore.
 Che è una materia strana, piccola baronessa. Qualcosa di pesante che non si può manovrare né governare, simile a un cavallo impazzito che trascina di corsa un carretto vuoto per le strade del paese, e tutti cercano di evitarlo perché può travolgere e fare morire. Solo che un carretto trainato da un cavallo impazzito lo vedi per quello che è, e scappi e ti ripari, mentre l'amore pensi di governarlo tu, di essere tu alla guida del cavallo e del carretto, e invece quando capisci che ti ha travolto è troppo tardi.
 L'amore, piccola baronessa, quando arriva, arriva. E quando se ne va, se ne va. Non ci sta niente da fare. E non c'è la morale, perché questa non è una favola.
 È una storia.
 Immagina una bella, bellissima ragazza, poco piú di una bambina, poco piú grande di te. Questa ragazza, come tantissima gente dalle parti nostre, era nata povera, figlia di un contadino e di una mamma che stava in casa perché, oltre a lei, teneva altri nove figli, o dieci, neanche mi ricordo bene.
 Questa ragazza era famosa perché era bella, e la sua mamma, che sapeva che la bellezza quando sei povero è un difetto, la teneva in casa; poi però venne il tempo che

pure Annina, cosí si chiamava la ragazza bella, dovette lavorare, perché la bellezza mica si può mettere in tavola come il pane e tagliarla a fette e mangiarla, e cosí la mandò nei campi a raccogliere il grano coi fratelli piú grandi.
Non passò molto tempo che un ragazzo si accorse di Annina. Era poco piú di un bambino pure lui, ma a quell'età tre anni sono assai, e quando i fratelli per lavorare guardavano da un'altra parte, si avvicinava e parlava con Annina, e le raccontava cose belle, e Annina, che non aveva mai avuto qualcuno che le raccontava cose belle, stava a sentire incantata. E la sera, quando con le reni spezzate si metteva insieme ai fratelli sulla paglia sporca che le faceva da letto, restava con gli occhi aperti a sognare quella voce e quelle cose belle. L'amore quando arriva, arriva.
Il ragazzo che raccontava cose belle però era povero, povero assai. Perfino piú povero di Annina e della famiglia sua. Era tanto povero che era famoso nel paese, perché il padre era un ubriacone e un giocatore di carte ed era pieno di debiti e doveva dare soldi a tutti, tanto che a un certo punto se n'era scappato chissà dove e adesso tutta la brutta gente che doveva avere i soldi li voleva dal ragazzo e dalla madre, e andavano a casa di giorno e di notte e li picchiavano sempre.
Perciò quando un fratello di Annina disse al padre che aveva visto la sorella che parlava col ragazzo, il padre la chiuse nella stalla e non la fece uscire per un sacco di tempo, e la madre le portava da mangiare una volta al giorno. Il ragazzo non si rassegnò, e una notte venne di nascosto vicino alla stalla, e si mise a sussurrare le sue fantasie e Annina lo sentiva e gli diceva torna, torna an-

cora. E lui tornava e tornava, finché una notte il cane si mise ad abbaiare e il padre e i fratelli uscirono coi forconi, e per poco non lo acchiappavano fuori della stalla, e fu una fortuna che riuscí a scappare, perché se lo acchiappavano lo ammazzavano senz'altro, e ne avevano pure il diritto perché era entrato nella loro proprietà.

Il giorno dopo il padre di Annina andò dal prete del paese a chiedere come si doveva fare per la disgrazia di quella figlia bella, che era di sicuro uno scherzo del demonio per portare la gente all'inferno. Il prete ci pensò e disse che forse la soluzione era farla sposare subito, cosí tutti si mettevano l'anima in pace perché una sposa è una sposa, e anche se è bella nessuno si può mettere in testa di allungare le mani.

Annina aveva tredici anni, non ancora compiuti. E per il solo fatto di essere bella, si trovava a doversi sposare chissà con chi, e di certo non con il figlio di un ubriacone che era scappato perché pieno di debiti.

Il padre si mise a cercare, perché gli mancava il cuore di dare la figlia a uno assai piú vecchio di lei e magari vedovo, conosceva gli uomini e sapeva che a sposare un vecchio una donna bella prima o poi si mette nei guai, o qualcuno cerca di metterla nei guai, e tutto voleva, il padre di Annina, tranne che diventare il padre di una donna adultera.

Allora si mise a cercare nelle altre contrade, e trovò un ragazzo un poco piú grande di Annina ma non troppo, un po' triste ma serio e lavoratore. Parlò col padre del ragazzo, che non aveva niente e che neanche si aspettava di poter mettere le mani su una dote grande, perché il figlio *parlava poco e non era bello, e di ragazzi di quell'età ce ne stavano tanti e non si potevano avere grilli per la testa.*

Contrattarono e si misero d'accordo per una vacca, due pecore e qualche gallina. E il matrimonio, che come d'uso doveva organizzare e pagare la famiglia della sposa.

Il ragazzo che raccontava cose belle venne a sapere di questo matrimonio, e fece finta che non gliene importava niente. Ma gliene importava, tanto è vero che in quei giorni nessuno lo vide per strada o all'osteria, finiva di lavorare e si chiudeva in casa.

E gliene importava cosí tanto da non volersi sposare mai piú, e mai si sposò, infatti. Col lavoro pagò una parte dei debiti del padre, e stette con la madre fino a quando questa morí, e poi restò ad abitare nella casa che era stata della madre, finché poi morí lui, ma di questo ti racconto piú avanti. L'amore quando se ne va, se ne va.

E Annina?

Annina era poco piú di una bambina. Si era affezionata alle storie belle che il primo ragazzo le raccontava, ma aveva dovuto soffrire per averle ascoltate, chiusa nella stalla per tanti giorni, e poi per doversi sposare con uno che non aveva mai visto, con la paura di doversene andare in un'altra casa lasciando la mamma e le sorelle a cui era tanto legata, giovane com'era.

Ma sapeva che a certe cose una donna mica si può opporre. Mica può fare come un uomo, che faceva un fagotto con le cose sue e partiva e cercava fortuna. A lei toccava quello che diceva il padre, e quello doveva fare.

Cosí le fecero conoscere il futuro marito, e lei lo guardava e aspettava che le parlasse, ma lui non le parlava e se ne restava lí, seduto vicino al tavolo della cucina, con gli occhi bassi, e parlava sua madre che ogni tanto le lanciava sguardi sospettosi che non le piacevano, ma le avevano detto di stare zitta e lei zitta stava, per la paura di essere di nuovo rinchiusa nella stalla, che puzzava tanto ed era peggio di una prigione.

Passarono le settimane del fidanzamento, e altre due volte incontrò il ragazzo triste, che solo la salutava e lei rispondeva, e quello era.

E arrivò il giorno del matrimonio.

Fu proprio una bella festa, a modo nostro, con lunghe tavolate in piazza, col formaggio e il prosciutto e il vino, e quando si finisce di mangiare ci si alza e si lascia spazio a chi arriva, e poi si tolgono i tavoli e si lascia spazio a chi vuole ballare e si suona e si canta fino a tardi. Vedrai, piccola baronessa, quando ti ci porteranno a una festa di matrimonio a modo nostro, quanto ti piacerà. Tu hai sangue cilentano nelle vene, e ballerai e mangerai e riderai pure tu.

Al matrimonio venne tanta gente, e pure le persone piú importanti del paese e dei paesi vicini. Annina era bellissima, piú del solito, perché adesso mica la doveva nascondere, la sua bellezza, anzi la poteva far vedere a tutti, finalmente. E tra tanti occhi che guardavano la sposa bella, c'erano anche due occhi neri. Che era meglio, assai meglio, se non l'avessero vista.

Poi la festa finí, e cominciò la vita.

Dieci mesi dopo, Annina ebbe il suo primo figlio.

XXIII.

Teodoro Angrisani si presentò lo stesso pomeriggio. L'aria preoccupata, il berretto serrato nelle mani callose. Quando fu nello studio di Ricciardi, non volle sedersi e restò a bilanciare il peso da un piede all'altro. Era di statura media, e mostrava un'età fra i cinquanta e i sessanta. Rugoso, pochi capelli ai lati e un'ampia calvizie in mezzo alla testa. Aveva il profilo affilato di un topo e occhi piccoli che non stavano mai fermi, passando su oggetti e suppellettili come a memorizzarli per poi ripeterne la disposizione. Braccia e gambe erano di lunghezza sproporzionata, e la carnagione era scura.

– Buonasera, Angrisani. Nelide mi dice che siete molto preciso e puntuale negli impegni, e di questo vi ringrazio.

L'uomo ripeté l'inchino che aveva fatto almeno tre volte dacché era entrato.

– Eccellenza, è il dovere mio. Sono contento di poter avere l'officina e l'abitazione insieme, cosí tutti mi possono aiutare; io, sapete, ho tre figli maschi che fanno il mio stesso mestiere.

Ricciardi avrebbe voluto che l'uomo fosse a proprio agio, ma quello era cosí contratto dall'imbaraz-

zo da non vedere spiragli in tal senso. Decise allora di passare subito all'argomento che lo aveva spinto a convocarlo.
– Devo chiedervi scusa per le domande che vi dovrò fare.
– Chiedere scusa... a me? Eccellenza, figuratevi, io farei tutto per voi. Vi prego però di riflettere sull'aumento del fitto, i tempi sono difficili e io...
– No, no, non ci penso proprio ad aumentare il fitto, state pure tranquillo. Anzi, se doveste aver bisogno di... che so, dilazioni o roba del genere, fatemelo sapere e darò disposizioni a Nelide. Ma non è di questo che voglio parlarvi.
L'ometto sbatté le palpebre, sollevato e però perplesso.
– Ah, no? E va bene, eccellenza. Ditemi pure come posso aiutarvi.
Ricciardi si alzò e si mosse verso la finestra.
– Temo di dovervi portare coi ricordi a un periodo doloroso della vostra vita. Nel mettere in ordine certi documenti della proprietà, ho avuto modo di scoprire un fatto di sangue avvenuto nel terreno che circonda questo palazzo.
Angrisani si era irrigidito e gli occhietti avevano smesso di andarsene in giro per la stanza. Era immobile, se non per un muscolo che guizzava sulla mascella.
Ricciardi continuò.
– Immaginerete senz'altro che si tratta dell'omicidio di tale Sarubbi Gaetano, in data 26 febbraio 1906. Omicidio che sarebbe avvenuto, a quanto accertato

all'epoca, per mano di vostro padre Rocco. Sapete di cosa parlo?

Teodoro sembrava non comprendere la lingua in cui Ricciardi si esprimeva.

– Il caso per la giustizia è chiuso, ormai. Ma vorrei capire meglio ciò che accadde, e mi domandavo se potete aiutarmi.

Angrisani ebbe un brivido. Balbettò.

– Eccellenza, io... io ero un ragazzino. Ho pochissimi ricordi del fatto...

– Ma magari ve ne avranno parlato vostra madre e i parenti. Soprattutto, vi sarete fatto voi un'idea dell'accaduto.

– Perché tirate fuori questa storia, eccellenza? È roba vecchia. Ci ho messo tanto tempo a dimenticare, non voglio che i miei figli debbano farci i conti. Non è colpa loro, mi spiego?

– Avete ragione, e non ho certo intenzione di suscitare clamore. Ho solo bisogno di capire, tutto qui. E vi dò la mia parola che quello che ci diremo resterà fra voi e me.

Angrisani ci pensò su.

– Quell'uomo, Sarubbi, io in casa non l'avevo mai visto. Mio padre me lo chiese, gridava e mi scuoteva, mi faceva male, ma io non l'avevo mai visto. E mia madre piangeva. Mio padre la picchiava. Ma non so ripetervi che cosa le urlava.

– Vostro padre non viveva con voi, giusto?

– Lavorava all'estero. Noi stavamo con mia madre. C'era mio fratello che era malato. Si chiamava Miche-

le. È morto dopo qualche anno, teneva una malattia di petto. Tossiva sangue.
– Ma vostro padre era tornato altre volte, no? È mai capitato che reagisse come allora?
– No, eccellenza. Almeno, che io rammenti. Perché... perché poi successe quello che successe.
– E cosa era accaduto di diverso?
– Dopo quel giorno tutto cambiò. Di mio padre non avemmo piú notizie, non si fece vivo mai. Mia madre si ammalò, era sempre pallida e senza forze. Presto morí. Mio fratello e io andammo a vivere con una sorella di mamma, ma aveva i figli suoi e a noi non ci toccava manco il mangiare ogni giorno. Mio fratello non teneva salute, e poco dopo morí pure lui. Io però ero forte e volevo campare. Allora per guadagnare qualche soldo andavo ad aiutare il maniscalco. Era un bravo vecchio, mi ha insegnato il mestiere. Quando è morto ho tenuto aperta l'officina, pure se avevo quindici anni. Tra poco sono trentacinque anni che faccio il mestiere mio, eccellenza. E nessuno mai si è lamentato. Io non posso sapere perché mio padre uccise quell'uomo. Lo odiavo, perché vedevo mia madre che soffriva. E non ne comprendevo la ragione, perché vi posso assicurare che io quel Sarubbi non l'ho mai visto.
– Ma a me non è chiaro il motivo per cui vostro padre avrebbe inseguito Sarubbi qui, nella nostra proprietà. Poteva essere visto, poteva essere fermato. Aveva un coltello con sé, era intenzionato a... a fare quello che ha fatto. Come mai, secondo voi?

Teodoro portò lo sguardo sul viso del commissario. Sembrava calmo, adesso. Ogni segno di imbarazzo era scomparso.
– Eccellenza, non lo posso sapere cosa passava per la mente di mio padre. Lo avevo visto tre, quattro volte da quando ero nato, lavorava all'estero, ve l'ho detto. Molte cose però si capiscono dopo.
– Cioè? Quali sono le cose che si capiscono dopo?
Angrisani fece un sorriso triste, che su quella faccia di topo ebbe l'effetto di ringiovanirlo rendendolo però piú dolente.
– Un uomo non può accettare certe cose, eccellenza. Finché sono maldicenze, puoi tapparti le orecchie e non sentire. Tanto poi devi partire, no? E da lontano tutto cambia, tutto è diverso. Se però vedi con gli occhi tuoi, allora non puoi fare finta. Una cosa sono le orecchie, un'altra sono gli occhi. Credetemi. Adesso devo tornare al lavoro, ho lasciato l'officina in mano a mio figlio, e quando non ci sto io non è la stessa cosa. Permettete.

XXIV.

Fra trentasei ore sarò morto.
Il pensiero attraversò il dottor Modo come un fulmine, o una fitta. Lo vide balenare sul viso perché era davanti allo specchio, il rasoio fra le dita e il volto insaponato a metà.
Non mi raderò mai piú, rifletté. Non ci saranno altre occasioni. Dubito che domani mattina avrò la mano ferma abbastanza.
Ma la mano ferma avrebbe dovuto averla per forza, per compiere l'azione decisa. Perché quella, insieme alla morte a cui stava per andare incontro, era l'unica certezza: portare a termine il piano.
Quel lampo di consapevolezza, le sue fattezze nella luce lattiginosa del bagno, lo proiettarono indietro nel tempo: e non fu una bella sensazione. Gli scorsero davanti amori, affetti, amicizie; e dolori, abbandoni, perdite. Ma non come sentimenti e passioni, no: erano sorrisi e lacrime, canzoni e sapori, vento e pioggia.
Provò una vertigine, e dovette reggersi al bordo del lavabo.
Dio mio, pensò, quanta gente. Quanta maledetta vita è passata per queste mani delle quali ora dubito.

All'inizio della carriera si era convinto di aver sbagliato mestiere: era certo di non volere abbastanza bene al prossimo per fare il medico. E forse era stato proprio quel distacco a salvarlo.

I soldati al fronte, mutilati e straziati, gioventú cancellata dalla follia di vecchi baffuti chiusi a consultare mappe in chissà quale stanza tranquilla, in chissà quale tenda da campo presidiata da guardie, al sicuro dai cannoni che non toccava a loro innescare, non differivano in nulla dai malati di tubercolosi o di tifo o di difterite che giungevano in ospedale.

Bambini rachitici dalle costole che si potevano contare, anziani che sputavano sangue, donne sdentate già a trent'anni. Anche loro poveri e disperati per volontà di burocrati ottusi che si incensavano l'un l'altro in salotti ricchi di marmi e di specchi, mentre un'orchestrina riempiva l'aria di musica da ballo.

Riprese a radersi, ma la mano gli tremava.

La rabbia piú cieca, la piú inestinguibile e potente, si era andata sedimentando in lui negli anni di consolidamento del regime liberticida sotto il quale si trovava adesso il paese.

Non era un fatto politico, per Bruno Modo. Non lo era mai stato. Era la materialità dolorosa della fila di disperati che incrociava per strada, che affollava l'anticamera dell'ambulatorio, che incontrava nelle periferie. Un universo aggrappato a una sola, flebile speranza: i giovani.

Negli occhi che vedeva spuntare sulle soglie dei bassi, nelle piazzette fra i vicoli, sui davanzali sbeccati dei palazzi in rovina, brillava una scintilla scaturita dalla determinazione a sopravvivere.

La generazione alla quale apparteneva e quella successiva erano ormai perdute, Modo ne era persuaso. Avevano coltivato il seme della schiavitú, dell'inerzia e della stupidità. Avevano consentito l'insorgere di quella follia, l'avevano sostenuta e incentivata. Avevano avuto cento, mille occasioni per dire basta, fermare il gioco. Ma non lo avevano fatto.

Eppure, non era ancora questo ad averlo indotto a immolarsi.

Adesso questi pazzi, queste belve sanguinarie, questi imbecilli privi di visione avevano iniziato la guerra.

Adesso sarebbero stati sterminati i giovani, che erano l'ultima speranza, l'unico ponte per il futuro. Modo lo sapeva. L'aveva già visto succedere. Era stato lui ad amputare arti, a fermare emorragie, a chiudere occhi sbarrati. Aveva già attraversato quel tempo e quello spazio. E tuttavia era niente rispetto a quanto stava per accadere. Perché la volta precedente la trincea era al confine, in luoghi lontani. Ora invece, con le bombe che erano iniziate a cadere, e le luci spente di sera, e il razionamento, era chiaro che il confine sarebbe stato dovunque. E i morti sarebbero stati milioni.

Trasse un respiro e finí di radersi.

Certo, lui non aveva figli né nipoti. Era un privilegiato, poteva mettere un piatto a tavola due volte al giorno. Girava in cravatta e la gente si scappellava nell'incontrarlo. Avrebbe avuto i mezzi per vivere bene anche nella tempesta.

Ma che senso avrebbe avuto allora la sua vita? Mentre annodava la cravatta, capí che con il gesto estremo che si accingeva a compiere avrebbe messo in atto la piú difficile delle imprese: dare un significato all'esistenza. A cominciare dal passato.

La mente andò a Ricciardi. Alle tante volte in cui l'aveva rimproverato per la sua inerzia, additandolo come esempio perfetto di chi era in possesso degli strumenti per agire e decideva invece di non agire. Aveva piú colpe lui di tutti i disgraziati che morivano di fame ma si riunivano sotto i balconi dei palazzi del potere per prodursi nel loro coro di buoi.

Ricordò gli occhi feriti dell'amico, ma non abbastanza da voltargli le spalle. Adesso capiva che la differenza tra loro stava nel fatto che Ricciardi aveva qualcuno da salvare, e Modo no. Ricciardi aveva avuto Enrica e ora aveva la piccola Marta; Modo, invece, non aveva nessuno.

Andò a prendere l'involto nascosto sotto il materasso. Non aveva mentito a Severi, quando gli aveva detto che puliva quasi quotidianamente la pistola da ufficiale dell'esercito. Non gli aveva detto, invece, che non l'aveva mai spianata contro un nemico. Faceva il medico, non l'assassino. Si sarebbe fatto colpire cento volte, prima di fare fuoco contro qualcuno.

Ma sapeva usarla. Aveva tirato ad alberi e a barattoli, in campagna, la domenica, per tenersi in esercizio. Sapeva farlo, e non avrebbe avuto problemi a farlo ancora.

Sparare a un essere umano. A una persona.

Chissà se aveva moglie e figli, Heinrich Simon. Chissà se aveva amici.
Scacciò il pensiero dalla testa, avrebbe potuto causargli un'esitazione fatale. Doveva invece concentrarsi sui milioni di ragazzi che sarebbero morti. Sulle bombe che ne avrebbero dilaniato i corpi. Sulle speranze che sarebbero state cancellate per animare la cieca ambizione di Simon e di quelli come lui.
Gli dispiaceva soltanto di non poter salutare Ricciardi.
Uscí dal portone. Luglio fiammeggiava per le strade. Tutto sembrava bello, tutto sembrava uguale, ma nulla era come prima.
Fu felice che nell'ultimo giorno della sua vita splendesse il sole.
Lo avvicinò un uomo in divisa.
– Il dottor Modo?
D'istinto, arretrò. Gli sembrava di conoscerlo, ma non ricollegava la circostanza del loro incontro.
– Sono Achille, autista e maggiordomo della contessa Palmieri di Roccaspina.
Alla memoria di Bruno si affacciarono un bel volto dagli occhi viola un po' tristi e una cena deliziosa a base di piatti cilentani. Aveva visto quell'uomo in attesa vicino alla macchina che avrebbe riportato a casa la nobildonna, quando Modo era andato via dall'abitazione di Ricciardi.
– La contessa vi prega di venire con me, vorrebbe parlarvi del commissario Ricciardi. È urgente.

XXV.

A Ricciardi non restava che parlare con il dottore. In quella vecchia storia c'era piú di una zona d'ombra. E il velo che la proteggeva non dipendeva dal tanto tempo trascorso, ma da qualcosa che coloro con cui si era confrontato preferivano non portare alla luce.

Ne era un esempio il dialogo con Teodoro Angrisani: l'uomo aveva ben chiarito di non voler andare oltre. Era stato lo stesso per il maresciallo Costa, che non aveva voluto riferire altro rispetto agli elementi di sua stretta competenza. Ed era stato lo stesso perfino per Vincenzo, il fido, leale Vincenzo che mai avrebbe nascosto nulla a sua eccellenza il barone di Malomonte.

C'era una parte emersa, ed era il delitto cosí come era avvenuto, la brutale evidenza delle poche ore intercorse fra il litigio alla locanda e l'accoltellamento nel vigneto; e c'era una parte sommersa di cui nessuno voleva parlare, di cui forse nessuno aveva le prove.

C'era perciò bisogno di sentire qualcuno che all'epoca c'era e aveva avuto contatti con le persone coinvolte. E questi non poteva che essere il dottor Pasquale Persico, al tempo medico del paese e della zona circostante.

Ricciardi lo ricordava benissimo. Un uomo gentile, incline alla risata, sensibile alle belle donne e, un po' troppo, al vino. Lo vedeva ogni giorno quando, ancora adolescente, assisteva al progressivo peggioramento della salute della madre, che quasi non si alzava dal letto e riceveva la visita pomeridiana del medico. Il dottor Persico si era permesso di scambiare due parole con Luigi Alfredo come fosse un adulto, per convincerlo ad andare a studiare in collegio come la madre desiderava.

Persico era di Sapri, e a Sapri era tornato una volta in pensione. Era accaduto all'incirca una decina di anni prima, glielo aveva raccontato Rosa la quale l'aveva appreso da un fattore dopo che loro si erano trasferiti in città già da un po'. Ignorava se fosse ancora vivo, quantomeno in grado di parlare e rievocare memorie; ma aveva seguito lui la malattia della moglie di Sarubbi come quella del figlio che poi era morto, quindi doveva per forza essere a conoscenza di dettagli che potevano rivelarsi preziosi. Senza contare che un medico di paese di solito raccoglie le voci che girano, sa tutto di tutti.

Si trattava soltanto di capire come stesse.

Decise di prendere il postale che partiva la mattina presto, proseguiva per Salerno e rientrava la sera. Circa un'ora e mezza di autobus, c'era da percorrere una trentina di chilometri fino a Sapri ma la strada era piuttosto tortuosa. Fu vago coi suoceri, imputò quel breve viaggio a impegni d'affari contando che la loro discrezione superasse la curiosità; si raccomandò per la bambina, anche se la recente abitudine di Marta di starsene sotto l'ulivo in compagnia della silenziosa ma vigile zi' Filumena Vaglio era piuttosto tranquillizzante. Del resto si trattava di una sola giornata, la sua assenza non sarebbe pesata granché.

La cittadina aveva un porto, una pista per l'atterraggio degli idrovolanti e un faro visibile a piú di dodici miglia nautiche. Ricciardi, che ci era stato da ragazzo, non la ricordava cosí popolata e operosa. Appena sceso dall'autobus, fu avvicinato dagli addetti di ben tre alberghi intenti a procacciare clienti. A uno di loro chiese del dottor Persico, temendo che fosse morto da cosí tanto che il giovane nemmeno ne avesse mai udito il nome; invece, ricevette l'informazione che gli serviva: l'anziano medico abitava in una stradina adiacente il lungomare e a quell'ora lo avrebbe trovato nei paraggi del faro, a metà della passeggiata quotidiana.

Si incamminò, guardandosi intorno fino a individuare una figura in lontananza: seduta su una sorta di panchina naturale sulla scogliera sotto il faro, le mani appoggiate a un bastone, i lembi della giacca bianca mossi dalla brezza che saliva dal mare, il cappello color crema a tesa larga che ne riparava il viso dal sole.

Si avvicinò. Il dottor Persico non era poi cosí cambiato; l'età aveva infierito soltanto sui capelli e sulla barba, completamente candidi, e sugli occhi che Ricciardi rammentava allegri e adesso erano carichi di malinconia.

Avvertendone la presenza, l'uomo si girò e lo fissò, per nulla sorpreso.

– Luigi Alfredo Ricciardi, barone di Malomonte. Quanti anni sono trascorsi, trenta? No, aspetta: venticinque. Neanche molti, a ben riflettere. Di fronte a questo mare e a tutta la mia vita, neanche molti. Sei identico a tua madre, sai?

Ricciardi si era preparato un lungo discorso fatto di legami col passato, per ricostruire la propria identità e darle uno spazio nei ricordi del dottore, ma non ci fu bisogno di articolarlo. Sí, erano trascorsi venticinque anni esatti. Venticinque anni da quando avevano portato sua madre morta nella cappella di famiglia, e il dottore era stato fra i pochi ammessi alla cerimonia funebre anche in virtú dell'amicizia che lo aveva legato al barone di Malomonte suo padre, mentre il paese intero si riuniva in silenzio all'esterno della chiesa, sotto la pioggia.

– Buongiorno, dottore. Sono felice che stiate bene. Con voi il tempo sembra essersi fermato.

Il medico aveva riportato lo sguardo sul mare, dopo aver battuto la mano sul muretto per far segno a Ricciardi di sedersegli accanto.

– E invece non si è fermato affatto, piccolo Luigi troppo cresciuto. Ma non è riuscito ad averla vinta, per ora. Non ci metterà parecchio, però. Sono malato, e non guarirò. Secondo la mia vasta esperienza, ho davanti un altro Natale. Forse.

– Se si può fare qualcosa, ritenetemi a vostra disposizione. Vi prego.

Il vecchio ridacchiò.

– Ecco che viene fuori anche la somiglianza con tuo padre. Lui non si rassegnava mai. Pensava di poter risolvere ogni questione con le conoscenze, col denaro, col potere. Era un uomo generoso, ed è evidente che lo sei anche tu. Ma credimi, contro la mia malattia non si può fare niente. E niente vorrei fare, perché in fondo mi tratta abbastanza bene. Abbiamo un accordo: io non ne contrasto l'invasione, e lei mi lascia vivere decentemente fino alla fine. Sta mantenendo la parola, e voglio farlo anch'io.

Ricciardi tacque per un po'. Comprendeva il ragionamento: se fosse accaduto a lui, con ogni probabilità avrebbe fatto lo stesso.

Ma quando riprese a parlare, disse al medico di essere venuto a cercarlo per sapere se ricordava qualcosa di un fatto di sangue accaduto trentaquattro anni prima, che aveva coinvolto una famiglia del paese, gli Angrisani, e un bracciante di una contrada vicina, un certo Gaetano Sarubbi.

Il medico assentí, quasi non fosse sorprendente che Ricciardi si fosse palesato lí a distanza di anni per avere notizie di una faccenda tutto sommato marginale, risalente a tanto tempo addietro.

– Posso sapere perché adesso? Per quale motivo vuoi conoscere proprio ora i dettagli di una storia ormai dimenticata?

Ricciardi decise di ricorrere a una mezza verità.

– Perché quel fatto mi ha ossessionato. Perché da piccolo ne sentivo parlare da chiunque. Perché ho sempre cercato di fare giustizia dei delitti in cui mi sono imbattuto, e mi sembra inaccettabile fallire davanti a un omicidio che, in un certo senso, ha orientato la mia intera esistenza.

Guardando il mare, il medico sorrise.

– Senti un vuoto, quindi. È cosí?

Il commissario non si spiegò il sorriso, ma annuí deciso.

– Sí, dottore. È proprio cosí.

– A chi hai chiesto informazioni, prima di venire da me?

Ricciardi gli disse dei due marescialli dei carabinieri, gli disse di Vincenzo Vaglio e infine di Teodoro il maniscalco, riferendo quanto aveva appreso da ciascuno di essi.

– Rammento benissimo Annina Angrisani. Me la ricordo quando partorí il primo figlio, Teodoro appunto. Era una delle donne piú belle e leali e sfortunate che abbia mai incontrato. E mi ricordo di Michele, il secondo figlio: capii subito che non sarebbe vissuto a lungo, e infatti ricordo pure la notte in cui morí. E però l'omicidio di Sarubbi ebbe una soluzione. Si seppe che era stato Angrisani, che poi scappò per non tornare piú lasciando la moglie e i figli in grave difficoltà. Che altro resta da sapere?

– Anzitutto, per quale ragione il fatto avvenne nel nostro vigneto. Poi, come mai sono tutti reticenti, quasi conoscano dettagli che non vogliono rivelare. Tutti, persino voi, parlate della moglie di Angrisani come di una donna sincera e fedele, ma allo stesso tempo ritenete fondata la gelosia omicida del marito. Ho passato l'intera vita a leggere tra le righe, ad ascoltare i non detti, e ne sono sicuro: c'è qualcos'altro sotto. Il medico fece una smorfia.

– Può essere che ti annoi, a startene nullafacente nel Cilento. Sei cosí abituato a scavare tra le passioni che armano le mani, da voler cercare ancora. Ma forse non c'è niente da cercare. Forse per una volta il tuo istinto si sbaglia.

Ricciardi rimase in silenzio. Il sole dardeggiava il mare generando miliardi di scintille, e il lento rumore della risacca era tutto ciò che si sentiva, a parte i gabbiani.

Il medico si girò a guardarlo.

– O forse invece hai ragione. Forse non ti sbagli e c'è qualcos'altro da sapere. O che ti sfugge pur essendo sotto i tuoi occhi, barone di Malomonte. Per esempio: il vecchio maresciallo Costa, tanto una brava persona quanto poco intuitivo, ti ha dato un'informazione. E cioè che i figli di Annina Angrisani erano tre, due maschi e una femmina. Uno è Teodoro, che hai conosciuto; l'altro è il povero Michele, che morí ancora piccolo e io te lo posso confermare. Ma c'era una terza figlia, una bambina. Credo che dovresti capire che fine ha fatto, no?

Ricciardi spalancò gli occhi. Come aveva potuto ignorare quell'informazione? Era stata tale l'ansia di capire cos'era successo da fargli perdere di vista il resto.

– E come posso fare, dottore? Teodoro non è incline a fornire ulteriori dettagli. Anzi, è stato piuttosto deciso a mettere fine alla conversazione. Io, poi, non

sono qui in veste di poliziotto, non sono nella posizione di poter pretendere risposte.
Il medico annuí, pensoso.
– E io manco da troppo tempo per poter intervenire sulla situazione attuale. Posso però darti un nome: Caterina Granato. Dovrebbe essere ancora viva. Sta a Fortino, ed era l'unica amica che la povera Annina abbia mai avuto, piú vicina perfino delle sorelle. Se c'è qualcosa di nascosto, lei lo saprà.
Ricciardi si alzò.
– Vi sono grato, dottore. Davvero. Farò come avete detto. Addio.
Il medico aveva riportato gli occhi sul mare.
– Addio? Magari no, eccellenza. Magari arrivederci. Non bisogna mai ipotecare il futuro, non credi? Fa' buon viaggio.

XXVI.

Per capire quello che è successo dopo, bisognerebbe averli visti insieme. Lui e lei, dico.

Bisognerebbe esserci stati, quando lui la portò qui dopo averla sposata.

Non è che ci sembrò strano, intendiamoci: lui aveva viaggiato sempre, era andato dovunque, pure in America col piroscafo, che per il paese poteva essere anche la Luna o l'inferno, per quanto ne sapevamo.

Una volta vedemmo la fotografia sua sul giornale, in mezzo agli attori del cinema, e credimi, non era meno incantevole di loro, teneva un sorriso scintillante, e gli occhi che assomigliavano a stelle. E come le stelle era lontano da noi del paese, ci pareva perfino giusto che stesse là, importante e bello e ricco com'era.

Il padre e la madre ormai si erano rassegnati, troppa libertà, troppa spensieratezza, non si sarebbe sposato piú. Sapessi i pianti di lei... Ne ho lavati di fazzoletti, e il cuscino la mattina; però a noi non diceva niente, non a me che tanto non ci sentivo, ma nemmeno a mia madre e alle mie sorelle. E neanche il signore, sua eccellenza, ma se avessi visto la faccia scura ogni volta che apriva quelle lettere e le leggeva, mamma mia.

Poi, quando nessuno ci pensava piú, giunse la notizia. E non ti dico la felicità, poco ci mancò che non dessero una festa, cominciò un vai e vieni di carrozze di tutti i gentiluomini della provincia che volevano notizie su chi era o chi non era la prossima signora.
E curiosi eravamo pure noi. Da un lato ci stava chi non vedeva l'ora, e dall'altro chi aveva un poco di paura. Si raccontava che era una giovane, assai piú giovane di lui che se ne era stato bene fino a quasi quarant'anni, perso tra l'allevamento dei cavalli da corsa e le tante donne che però non erano per lui, ballerine, cantanti dell'opera e si diceva pure qualche nobile già sposata.
Lei invece era sconosciuta, a parte la diceria che teneva vent'anni e questi occhi particolari. Non si sapeva nient'altro, e allora la preoccupazione veniva dal futuro: sarebbe stata in grado di occuparsi della proprietà? Ce l'avrebbe fatta, una cosí inesperta?
Poi però arrivarono, e lei ci mise cinque minuti a mettere tutto a posto, e dopo un paio di mesi sembrava che lei era nata qua e lui era il forestiero. Non mancava mai di dire una parola buona e di regalare un sorriso, saliva in carrozza e andava casa per casa a visitare i malati, a portare biscotti ai bambini, e questo ogni santo giorno, e quegli occhi verdi trasparenti e grandi, pieni di tristezza e di tenerezza, una volta che li avevi visti non te li potevi scordare piú.
Però teneva qualcosa, la signora. Non si capiva che cosa, e di sicuro non riguardava né il luogo né noi che viviamo qui, né il marito, che amava e che l'amava pure lui con tutto il cuore, questo era piú che sicuro, bastava

vederli insieme come si guardavano e come si tenevano per mano.

E nemmeno era per la famiglia di lui, perché i genitori morirono uno appresso all'altra in pochi mesi, e fortuna che si erano trasferiti qua perché altrimenti le cose andavano a rotoli, erano anni difficili quelli.

Lei stava con mia sorella, Rosa, tu non l'hai conosciuta. Era particolare, mia sorella. Forte, fortissima, una lavoratrice straordinaria, capace di controllare tutto senza perdersi niente; e capace pure di voltarsi da una parte e non vedere quello che non la riguardava. Io però la conoscevo bene, e la vedevo la preoccupazione nei suoi occhi quando parlava della signora.

C'era qualcosa, quello era sicuro. Un giorno sentii Rosa raccontare a mia madre che certe volte, mentre passeggiavano e la signora era allegra e contenta e sembrava una bambina piena di futuro e di speranze, all'improvviso, passando per qualche angolo di strada o sotto qualche albero in campagna, cambiava colore come se avesse visto il diavolo. E da quel momento se ne stava zitta e muta, e a Rosa pareva che stesse per piangere addirittura.

Lui non sembrava accorgersi di questo disagio della moglie. Faceva le cose sue, i cavalli, la proprietà; e ogni tanto organizzava qualche bella festa, e venivano le persone della provincia e pure qualcuno dalla città che si tratteneva qualche giorno, e c'era lavoro per tutte noi in casa, in cucina e nel giardino.

Poi cominciarono i mal di testa.

All'inizio non erano frequenti, e noi pensavamo che erano cose di femmine e che la signora non era poi cosí forte, come noi contadine. Però succedeva che per giornate intere lei si barricava in camera, con gli occhi chiusi e senza candele, al buio e in silenzio. Rosa ogni tanto entrava, e le pareva che non dormisse. E però se ne stava sdraiata appunto con gli occhi chiusi, e se le chiedeva se voleva qualcosa diceva no, grazie, non mi serve niente.

Dopo poco però rimase incinta, e fu una notizia meravigliosa, nessuno stava piú nella pelle. Quando glielo disse, il marito si mise a piangere e a ridere insieme, sembrava pazzo; lei invece non sorrideva nemmeno, era pallida e quando stava sola piangeva. Secondo Rosa era per paura della salute, credeva di morire, di non farcela. E invece ce la fece benissimo, e il bambino era sano e forte, il marito lo portava fuori e lo faceva vedere a tutti come se l'avesse partorito lui, gli uomini cosí fanno col primo figlio, lo vedrai crescendo.

Furono anni belli, lei pareva guarita. Stava col figlio molto tempo, anche se se ne occupava Rosa che era la tata. Però poi le giornate buie tornarono, e anzi furono sempre di piú, e piú lunghe. E il comportamento del marito cominciò a cambiare.

Non devi pensare che non le volesse bene, che non fosse piú innamorato di lei.

Era che ne sentiva la mancanza. Che non riconosceva la donna che aveva sposato. Che si sentiva solo.

Io ascoltavo Rosa che parlava con mia madre o con le altre sorelle, le volte che veniva di fretta a salutarci perché non voleva mai lasciare il bambino.

Era preoccupata. Raccontò che aveva sentito lui, il marito, alzare la voce per chiedere alla signora che cosa aveva, che si sentiva, che tipo di medico doveva chiamare. Ma lei diceva no, non voglio nessuno, sto bene, ho soltanto bisogno di un poco di riposo.

E un altro giorno Rosa si era trovata lí quando lui aveva ricevuto il dottore, quello nostro del paese, che era amico suo. Erano amici già da ragazzi. Era preoccupato, e il dottore lo consolava, gli diceva che lo aveva visto succedere, che quando una donna aveva un bambino poteva cambiare carattere. Ma Rosa lo sapeva che il bambino non c'entrava con questo fatto.

Era qualcos'altro. Qualcosa di brutto, che la signora teneva già da prima. Rosa non avrebbe saputo spiegarlo, se era una malattia o una disgrazia sua. Io penso che come si nasce deformi, senza una mano o con la gobba o come me, che non posso parlare, cosí si può nascere con qualche brutto fantasma nella testa, o col cuore al buio.

E penso pure che se si nasce cosí, una lo tiene nascosto pure a chi le vuole bene; magari l'avessi potuto nascondere io, che non mi esce la voce e che non posso cantare al sole, o che non posso neanche dire ti voglio bene.

E sto qua a pensare a questa vecchia storia, e tu seduta lí sulla coperta con gli occhi spalancati come se mi sentissi e magari mi senti veramente, chi lo può sapere, e io mi illudo di raccontare a qualcuno, per la prima volta a quasi novant'anni di vita.

Insomma, lui non sapeva niente. Tranne che la moglie soffriva di queste giornate, lui diceva emicranie, che sarebbe un mal di testa forte, e forse non voleva vedere altro.

E cominciò a bere un po' troppo. Perché si credeva solo, forse. O forse semplicemente doveva passare le serate.

Le serate possono essere lunghe, qua, se sei abituato alla città, alle feste, ai cinematografi e ai teatri.
Poi un giorno uscí a cavallo, per fare un giro; e mentre cavalcava col sole alle spalle, gli si parò davanti una visione.
E là cominciò quello che non doveva cominciare.

XXVII.

Livia guardava il portone di quella che era stata la sua casa, trattenendo il pianto.

Era in città da tre giorni, ormai: e ciò che le era stato chiaro sia in Argentina sia durante le tortuose peripezie del ritorno, ora si era perduto nella nebbia dell'incertezza.

Quando era partita, intorno tutto era luce, frastuono, disordine gioioso, speranza; adesso ogni cosa pareva avvolta nell'oscurità.

Livia era un'artista. E in quanto tale, capace di calarsi nei sentimenti dei personaggi sino a farli propri.

Negli ultimi sei anni era stata interprete di un'altra musica, perdipiú in un'altra lingua: ma restava una cantante lirica, una che indossava un costume e andava in scena recitando un ruolo, modulando il pianto e il riso in modo da convincere il pubblico, da coinvolgerlo. Ogni tanto, anche al di là dell'oceano le avevano chiesto una romanza, o una canzone della terra da cui proveniva: e lei, nell'eseguirle, si era sentita invadere da suoni, sapori, odori, persino dall'aria di festa.

All'arrivo in stazione, aveva però percepito tutt'altra atmosfera. Nelle città che aveva attraversato durante il viaggio di ritorno non ci aveva fatto caso, tesa com'era. Ma era possibile che persino lí paura e dolore avessero preso il sopravvento.

D'istinto, giunta nell'albergo dove aveva riservato una camera, aveva presentato i documenti di Laura Lobianco, l'identità assunta in Argentina e che – a caro prezzo – aveva consolidato all'anagrafe. Come sempre, bastava essere ricchi al punto di poter oliare certi ingranaggi perché tutto si rivelasse possibile.

Non le era rimasto nulla delle antiche proprietà, poiché prima di lasciare l'Italia aveva venduto alla svelta l'intero patrimonio. Ma aveva i contatti giusti e non ci aveva rimesso. In Argentina si era organizzata in fretta, e il successo lavorativo presto ottenuto le aveva consentito di accumulare una discreta sostanza.

Poi aveva trovato nascosta nella valigia una borsa in cuoio, al cui interno era custodita un'ingente fortuna in dollari statunitensi. Era evidente che fosse opera di Facundo; del resto, negli ultimi giorni non aveva fatto che ripeterle: «Giacché sei cosí pazza da andartene in quel continente in fiamme, almeno permettimi di aiutarti a fronteggiare gli imprevisti». Davanti alle banconote americane, Livia aveva sorriso. E di nuovo aveva pensato a che cosa assurda fosse l'amore, cosí lontano dalla convenienza da diventare fortemente autolesionista.

Perché a spingerla a tornare era stato l'amore. Per questo era lí, in quella città, e non nel posto dove era sepolto il suo bambino, né dove avevano vissuto i genitori; non nella capitale, dove aveva animato la vita mondana e i palcoscenici, e dove aveva una rete di contatti capace di restituirle l'antico ruolo e farla essere di nuovo Livia Lucani Vezzi, la grande cantante, l'amica della figlia del duce.

Invece no. Aveva scelto di rimanere Laura, cantante di tango, oriunda argentina, venuta in Europa per salutare dei parenti: cosí aveva dichiarato ai funzionari di polizia e ai militari che l'avevano fermata a ogni frontiera, trattenendola piú del dovuto a causa della sua abbacinante bellezza.

Quella città, e gli occhi verdi che a essa associava, erano stati la sua stella polare. Aveva voluto tornare nell'unico posto in cui si era sentita a casa. E non solo per lui, l'uomo che non osava nominare nemmeno tra sé, tanto era speciale; era innamorata anche del posto, della sua gioia e della sua musica.

Ma adesso non c'erano piú né l'una né l'altra.

Aveva passeggiato, incrociato gente, scambiato parole. C'era paura, c'era inquietudine. Soprattutto, c'era una povertà atroce. Bambini nudi per strada, sporchi, indeboliti dagli stenti, accasciati a terra fra gli escrementi; donne smunte e pallide sedute all'esterno dei bassi, in braccio neonati piangenti che succhiavano disperati da seni vuoti; vecchi sulle scale delle chiese, a supplicare elemosine; altri sdraiati in un sonno senza sogni, che respiravano appena o forse erano già morti, in attesa di essere raccolti e gettati nelle fosse comuni come spazzatura.

Nessun canto, nessun litigio, nessun clamore festoso. Le finestre erano serrate anche la sera per via dell'oscuramento, mentre le squadre in camicia nera battevano le vie per contrastare ogni minima forma di assembramento. Caffè, trattorie e luoghi di incontro non erano piú aperti da un pezzo, le porte sbarrate da assi inchiodate alla meno peggio. Molti negozi in cui Livia stessa si era servita erano dismessi e recavano all'ingresso l'avviso che erano appartenuti a famiglie di razza ebraica. Le vetrine, ormai polverose, erano state spaccate da pietre lanciate da mani rabbiose.

Aveva noleggiato un'automobile con autista, al quale aveva spiegato che si trovava lí per pochi giorni e voleva fare alcuni giri. Aveva preferito non chiamare gli amici: la voce della sua presenza si sarebbe propagata come un incendio, e temeva ancora di attirare l'attenzione della polizia politica. Ma al conducente aveva dato subito l'indirizzo di Ricciardi, mentre il cuore le tremava in gola per il desiderio e la paura di vederlo.

Le finestre chiuse erano state uno schiaffo in pieno volto. Le erano vorticate in testa mille supposizioni, il suo cuore non avrebbe retto davanti a qualche terribile notizia. Non ci sarebbe mai piú stato per lei un luogo dove poter tornare: le era stato chiaro come il sole bruciante di quel luglio finalmente estivo che aveva trovato in Italia.

Aveva domandato ai bottegai del quartiere, ma il muro di diffidenza si era rivelato invalicabile: quelli non erano tempi in cui si davano alla leggera informazioni a una forestiera che chiedeva notizie di gente scappata di notte.

Alla fine aveva ottenuto le notizie che le servivano dalla portinaia del palazzo di fronte, dove ricordava avesse abitato la ragazza che era poi diventata la moglie di Ricciardi. E l'avrebbe abbracciata e baciata per la felicità, quando le aveva detto che si erano trasferiti nel Cilento, nei possedimenti di lui, perché erano giudei, incredibile, non se n'era mai accorta, lei che era a servizio in quello stabile da trent'anni, ma era vero che alcuni avevano la coda, come si diceva?

Adesso Livia doveva decidere il da farsi. Che equivaleva a decidere cosa fare della propria vita.

I piedi l'avevano portata davanti alla casa di via Sant'Anna dei Lombardi, dove aveva vissuto, cantato, sognato. Le sembrava un luogo abbandonato, il relitto di una vita precedente. Erano trascorsi appena sei anni, ma avrebbero potuto essere cento.

Ora, seduta al tavolino di un caffè disadorno, fissando una finestra alla quale era affacciato uno sconosciuto e che un tempo era appartenuta alla sua camera da letto, cantò a mezza voce:

Tengo miedo del encuentro
con el pasado que vuelve
a enfrentarse con mi vida...
Tengo miedo de las noches
que pobladas de recuerdos
encadenen mi soñar...
Pero el viajero que huye
tarde o temprano detiene su andar...

Ne ripercorse il significato nella lingua della propria anima.

Ho paura dell'incontro
con il passato che ritorna
ad affrontare la mia vita...
Ho paura delle notti
che popolate di ricordi
incatenano il mio sognare...
Però il viaggiatore che fugge
prima o poi arresta il suo andare...

C'era tutto, in quella canzone. C'era anche la sua coscienza.

Si chiese che cosa ne fosse di Maione, della sua famiglia cosí bella e numerosa. Cosa ne fosse di Nelide, la curiosa governante di Ricciardi e della bambina tanto amata.

Le venne in mente il dottor Modo, e andò a cercarlo in ospedale per scoprire che era andato in pensione da tempo, e non si faceva piú vivo da quelle parti.

Ricordò la perenne preoccupazione di Ricciardi per il posizionamento politico dell'amico, e per la sua spiccata attitudine a mettersi nei guai.

Si augurò che tutti loro stessero bene.

E si domandò, smarrita, cosa ne sarebbe stato di lei.

XXVIII.

Al dottor Modo si erano affastellati i pensieri, quando lo aveva avvicinato il maggiordomo della contessa di Roccaspina. L'istinto lo spingeva a rifiutare l'invito adducendo un pretesto qualsiasi. Era la sua ultima serata da uomo libero, con ogni probabilità anche l'ultima da vivo, e non aveva voglia di fare salotto. Peraltro doveva evitare possibili imprevisti, data l'impresa che lo attendeva l'indomani.

E poi conosceva appena la contessa, per averla incontrata un'unica volta durante una cena a casa di Ricciardi. Ne conservava un bel ricordo, per la verità: una donna splendida, elegante e raffinata, il che la collocava in un ambito che non era certo il suo preferito e lo aveva fatto mettere sulla difensiva. La serata si era invece rivelata interessante, e Bianca aveva mostrato un tale affetto per Marta – la quale la ricambiava di cuore – da aver sciolto la diffidenza del dottore.

Alla fine si erano lasciati con la promessa vaga di rivedersi, magari ancora in quel contesto. Poi c'era stata la partenza improvvisa di Ricciardi per il Cilento e le occasioni erano mancate.

Fu questo, alla fine, a convincerlo a seguire Achille. La contessa era sí amica di Ricciardi, ma era anche una persona influente. Se era accaduto qualcosa, o se la famiglia del commissario era di nuovo in pericolo, Bianca di Roccaspina era la piú qualificata a riceverne notizia. In quel caso, sarebbe stato necessario agire: Modo non avrebbe potuto farlo di persona, visto l'importante e forse esiziale impegno dell'indomani, ma avrebbe potuto indirizzare la nobildonna su come intervenire.

Restava il fatto che il nome Ricciardi e la parola «urgente» nella stessa frase erano un obbligo assoluto per il dottore. Non poteva esimersi.

Si aspettava di essere condotto a casa della contessa, ma Achille prese la via della periferia industriale. Modo ne fu sorpreso, e chiese all'uomo quale fosse la destinazione.

– La contessa pensa che non sia prudente incontrarvi a casa, dottore. E neanche in un posto dove lei o voi potreste essere riconosciuti. Si tratta di cosa assai riservata, cosí mi ha detto. Non so altro.

Modo tentò con qualche altra domanda, ma il maggiordomo non gli rispose piú. La faccenda si faceva sempre piú misteriosa.

Achille parcheggiò nei pressi di un'osteria sulla strada che portava a San Giovanni, non lontano dal porto. Modo si domandò come fosse arrivata fin lí una donna come la contessa, che in un luogo simile spiccava di sicuro come una perla in un porcile.

Entrò. Bianca era seduta a un tavolo d'angolo. Indossava abiti dimessi, anonimi. Nessun gioiello, un

cappellino nero con una veletta a coprirle il viso. Malgrado ciò, l'eleganza innata la faceva splendere come un fanale. C'erano solo uomini ai tavoli, operai intenti a bere che lanciavano sguardi curiosi. Quando Modo si avvicinò alla contessa e la salutò sfiorandone la mano con le labbra, gli occhi di tutti si appuntarono su di lui e alla curiosità si aggiunse il sospetto.
Si accomodò. Bianca aveva ordinato del vino, e la caraffa era piena per metà. Si serví a propria volta.
– Cara contessa, devo essere lieto di vedervi o ci sono cattive notizie?
– Niente nomi, né titoli o qualifiche, per favore. Non sono tempi facili, lo sapete. E non ci sono buone notizie, purtroppo.
Bruno bevve e si assicurò che nessuno ascoltasse.
– Voi state bene, sí? Non avete problemi o...
– No, no, non ho problemi. Ma sapete che il mio salotto viene frequentato da gente di ogni tipo. E anche quanto io sia affezionata a... al nostro comune amico, in particolar modo alla bambina. Ora, come forse ricorderete, d'accordo col padre l'ho affidata a un'istitutrice.
Modo ascoltava, concentrato. La contessa parlava piano, come a prendere tempo. Quasi aspettasse qualcosa. Il dottore attribuí le esitazioni al vino bevuto.
– Ricordo bene. E Ric... il nostro amico vi era molto grato, per questo. Data la situazione della bambina, la sua educazione è per lui di primaria importanza.
Bianca afferrò il bicchiere e bevve un sorso. Bruno si accorse che la mano era scossa da un lieve tremito.

– Purtroppo sono venuta a sapere che questa istitutrice, che peraltro ricevevo insieme al figlio, è un'informatrice della polizia politica.
Bruno spalancò gli occhi.
– Davvero? E come... chi ve lo ha detto?
Prima che Bianca potesse rispondere, un uomo si alzò da un tavolo vicino e li apostrofò.
– Ma è mai possibile che una donna come te deve frequentare un vecchio come lui?
Nel locale scese un silenzio di tomba.
Era un giovane dal viso squadrato, baffi e capelli scuri scarmigliati che fuoriuscivano dal berretto. Esibiva un sorriso estatico che tradiva una certa ubriachezza, confermata da un ondeggiare avanti e indietro del corpo. Era vestito alla maniera degli operai: pantaloni lisi, camicia senza colletto e un panciotto che aveva visto tempi migliori.
Modo gli lanciò un'occhiataccia.
– *Guaglio'*, fatti gli affari tuoi ché non è serata.
Bianca era impallidita, e fissava l'uomo con una specie di sacro terrore.
Il giovane fece un paio di passi incerti e si rivolse al resto della sala.
– Ah, ho capito: è una cosa tra signori, giusto? Magari lei è sposata e viene qua, in mezzo a noi poveracci, per incontrare il suo amante. È cosí?
I presenti risero sguaiati. Qualcuno diede di gomito al vicino. Bruno ripeté, secco:
– Non è serata, ho detto. Fai meglio a sederti e a berti un altro litro. Offro io.

L'uomo sputò a terra, offeso.
– Io l'elemosina tua non la voglio, vecchio maiale. Voglio bere un bicchiere con la signora, hai capito? Un bel bicchiere tra compagni, poi vi lascio ai fatti vostri. E offro io, oppure la signora qui non accetta il vino pagato coi soldi del lavoro? È abituata diversamente, forse?

L'insulto era gravissimo, al punto che gli altri avventori stavolta non emisero grida di approvazione.

Bruno si alzò, piano.

– Stammi a sentire, *guaglio'*: fermiamoci qui, ché questa cosa non conviene a nessuno. Hai bevuto un po' troppo, domani mattina non avrai bei ricordi della serata. Vattene a casa e chiudiamola qua.

Il giovane avanzò malfermo verso Bruno e si collocò a pochi centimetri dalla sua faccia.

– Io vado a dormire quando lo dico io, non quando lo dici tu, vecchio maiale. E se dico che ci vado dopo aver bevuto un bicchiere con la signora, la parola mia vale.

Allungò le mani e spinse Modo facendolo cadere sulla sedia.

Il dottore scattò di nuovo in piedi e mollò al giovane un sonoro ceffone. Il fragore risuonò come un colpo di pistola nell'ambiente angusto, e tutti trattennero il respiro.

Il giovane allora tirò fuori un coltello. Bianca urlò:
– Per carità!

L'uomo spianò l'arma, ma era talmente ubriaco che Bruno gliela tolse in un attimo. L'altro cercò di riprendersela, e nacque una colluttazione.

Si udí un fischio acuto e due guardie fecero il loro ingresso trionfale nella taverna.

Tutti si dileguarono, e l'uomo col coltello in mano fu arrestato.

Era il dottor Modo, naturalmente.

XXIX.

Fin dalla prima settimana di permanenza a Fortino, Giulio Colombo aveva capito che a pesare di piú sulla bilancia del trasferimento erano le ripercussioni negative sulle abitudini. Per un uomo della sua età, le abitudini contavano moltissimo. A esse si era aggrappato quando, all'indomani delle terribili leggi che lo avevano privato d'un tratto dell'attività in cui aveva investito l'intera esistenza, si era ritrovato davanti giornate vuote, deserte. Per fortuna era di indole tranquilla ed equilibrata: ciò gli consentiva di affrontare le avversità in maniera, se non serena, almeno razionale.

Si era quindi imposto una nuova quotidianità. Lunghe passeggiate, tappe regolate sulle condizioni atmosferiche, rotazione dell'abbigliamento. Era metodico nelle soste, nei saluti, nelle botteghe frequentate. Anche i pasti e il riposo rispondevano a un rigido schema mentale.

Del resto, solo cosí aveva potuto superare l'ostacolo piú impervio che la vita gli aveva messo sulla strada: la morte della prima figlia, la prediletta, la confidente con cui bastava una semplice occhiata d'intesa. Anche in quella atroce circostanza si era rifugiato nelle piccole cose di ogni giorno. Se scomponi l'esistenza in segmenti e li affronti uno alla volta, arriverai a sera senza neanche accorgertene; se invece la stessa giornata la guardi dal letto, già dall'alba sarà una montagna insormontabile. E tu sarai sconfitto in partenza.

Non sapeva se fosse il metodo giusto, ma per lui aveva funzionato.

Poi però, siccome il destino a volte non si diverte abbastanza, ecco giungere la lista riservata coi nomi da sorvegliare, e non perché pericolosi criminali, ma per via dell'origine di nonni dimenticati.

E cosí, d'improvviso, sei di nuovo costretto a riformulare l'esistenza, a un'età nella quale ci si dovrebbe invece godere il meritato riposo. Catapultato in un paese di cui fino a qualche tempo prima nemmeno sospettavi.

Ma Giulio, che era sopravvissuto alla scomparsa della sua Enrica, era capace di affrontare qualsiasi terremoto. Gli bastava inventarsi nuove abitudini.

Ogni mattina, perciò, si vestiva di tutto punto e si concedeva un giro della contrada e delle campagne circostanti. Tutt'altra cosa rispetto alla città affollata e canterina, ma aveva la sua bellezza.

Il palazzo del genero, una specie di castello, dominava l'abitato. La strada che si dipanava dall'ingresso sbucava nella piazza del municipio, sulla quale si affacciavano due palazzi antichi e la chiesa; lí si biforcava, da un lato dirigendosi verso Sanza e poi Sapri, e dall'altro inoltrandosi nei vicoli del paese. Nella piazza c'era un caffè, con un paio di stanze al piano superiore adibite a pensione. Qui si riunivano gli anziani, per giocare a carte e bere un po' di vino.

Giulio aveva stretto un rapporto cordiale con costoro. Si fermava volentieri a commentare le notizie del giorno prima; e una volta accomiatatosi, gli piaceva cogliere le chiacchiere delle donne da una finestra all'altra, e fiutare l'odore del pane fresco che veniva dal forno.

A volte Marta si univa al nonno; e Giulio si sentiva orgoglioso per come cresceva bene la nipotina. E soprattutto per come assomigliava alla sua mamma, e quindi a lui.

Quella mattina, avendogli visto un'espressione triste, la bambina aveva voluto fargli compagnia. Giulio aveva lasciato che la piccola insistesse un po', dopodiché aveva accettato.

Per la bambina tutto era stupefacente. La sua curiosità e le decine di domande che poneva erano per Giulio un divertimento, e la passeggiata si trasformava in una specie di lezione itinerante che piaceva moltissimo a nonno e nipote.

A un certo punto, però, la bambina si fece silenziosa. Poi chiese:

– Nonno, che cos'è un fantasma?

La domanda colse Giulio impreparato.

– Perché vuoi saperlo, bimba del mio cuore? Come ti viene in mente?

La piccola procedeva a saltelli, tenendosi l'orlo della veste come se danzasse. Ma l'espressione era seria.

– Che vuol dire, quando c'è un fantasma? Quando qualcuno vede un fantasma e gli viene mal di testa?
– Dipende. Se per fantasma intendi lo spirito di qualcuno che non c'è piú, allora può essere una cosa bella. Per esempio, se io potessi vedere il fantasma della tua mamma non solo non mi verrebbe il mal di testa, ma sarei felice di potergli raccontare di te, del mondo, di quello che succede. Ma forse per fantasma tu vuoi intendere le paure.

Marta lo fissava incuriosita, piegando il capo e strizzando gli occhi come faceva Enrica, e il cuore di lui perdeva ogni volta un battito.

– Che significa «le paure», nonno? Il fantasma delle paure?
– Certo, amore mio. Ogni persona ha le proprie. Tu per esempio non stai volentieri al buio, no? Mi chiedi sempre di lasciare le luci accese. Ecco, per te il buio può essere un fantasma. Ci devi fare i conti, giusto? Se vai in un posto e rimani al buio non ti senti tranquilla, e se puoi lo eviti. Quello è un fantasma.

La bambina rifletté.

– Quindi, se una signora si chiude nella stanza e non esce per giorni interi, lo fa perché ha paura?

Giulio si fermò, scrutando la nipote.

– E chi sarebbe questa signora? Chi ti racconta queste cose?

Marta tornò la bambina di sei anni che era.

– Ma no, nonno, è solo una storia! È fantasia, una favola insomma. E comunque, secondo te lo fa perché ha paura?

L'anziano riprese a camminare.
– Be', sí, può essere. E può anche essere che pensi di essere malata, di non stare bene. Anche quella paura può diventare un fantasma.
– Come la nonna, quando dice che ha mal di pancia per quello che deve ancora mangiare?

Si riferiva al Natale precedente: Maria aveva assaggiato tanti struffoli mentre li preparava e si era sentita male prima della cena. Giulio ridacchiò.

– No, no, quella volta non era un fantasma, erano i dolci. Tua nonna è troppo golosa, quella è la verità.

Procedettero un altro po'.

– E tu, nonno? Tu che fantasmi di paura hai?

Giulio tacque.

Davanti agli occhi gli passarono immagini di persecuzioni, pestaggi, vetrine spaccate.

E di bombe, odio e fucilate nella notte.

Di fame, di sete. Di partenze senza ritorni. Di figli e figlie lontani, di eserciti in marcia sotto la neve.

Paure. Premonizioni, forse; o solo i fantasmi di cui parlava Marta.

Rispose, piano:

– L'unica paura che ho è per te, bimba del mio cuore. Che tu possa non essere felice. Ma vedrai, farò in modo che tu lo sia, invece. Fosse l'ultima cosa che faccio.

xxx.

Altezza, tornato a Roma desidero rinnovarvi l'espressione del mio profondo compiacimento per la disciplina, il comportamento, il morale delle truppe che voi comandate. Le divisioni e i reparti che ho avuto la fortuna di passare in rassegna si sono presentati in un modo che, senza ombra di esagerazione retorica, si può definire superbo.

Dotto', mi dovete credere, io non lo so come si chiama.
È un ragazzo, quanto può tenere? Trent'anni, forse meno. Veniva al cantiere da una quindicina di giorni, capitava spesso di fianco a me, si chiacchierava, cantava, teneva una bella voce.
Sí che può essere, dotto', come no? Noi stiamo là per lavorare, mica per fare salotto, il caposquadra se ci vede parlare arriva e ci caccia, non potete avere idea di quanti stanno per strada a morirsi di fame, uno va e cento ne arrivano. Quindi no, non lo so dove stava di casa o se veniva da qualche paese. Mi ha detto che tiene quattro figli, questo sí, io ne tengo tre, mi diceva ridendo: tu non puoi avere idea di quello che si mangiano, tengono sempre fame. E io: pure i miei, specie

quello di mezzo, che è pure grassottello, un giorno di questi i fratelli si mangiano a lui.

No, no, dotto', mica stava ubriaco. Forse stanco, questo sí, stiamo stanchi tutti perché ci fanno fretta. Il problema è che un lavoro come il nostro è troppo importante, dotto'. Perché se no uno deve andare soldato, e allora mi dovete spiegare ai figli chi ci pensa, come mangiano.

E insomma, io lo tenevo proprio davanti agli occhi e ho visto bene. Pure se si stava facendo sera e c'era l'ombra, ve l'ho detto, non ci possiamo fermare. Lui stava cantando, una bella canzone con le parole di sole e di amore, che bella voce che teneva, dotto', lo so, ve l'ho già detto, veramente incantava, ma non si fermava da faticare, figuratevi, sai il caposquadra da quanto tempo lo aveva cacciato. E si è sganciato il carrello e gli è arrivato da dietro, non lo poteva vedere, ha fatto un salto, saranno stati cinque o sei metri.

Onestamente, dotto', sarà rimasto una mezz'ora là per terra. Nessuno lo voleva portare qua, il caposquadra ha detto: voi siete pazzi, lo accompagniamo in ospedale e non sappiamo manco come fa di nome e dove sta di casa, guardate che ci arrestano.

Io però, dotto', ho pensato a quei bambini. E ai miei, soprattutto a quello grassottello, che ci piace mangiare. E ho pensato che se non ci stava lui in mezzo, il carrello a me prendeva.

Allora l'ho portato io, dotto', e mi chiamo Formisano Giorgio, non fa niente se lo scrivete sul foglio. E mi dispiace che era troppo tardi e non ci sta niente da fare.

Che peccato, dotto'.
Che bella voce, che teneva.
Chissà come faceva di nome.

Gli italiani e gli stranieri devono sapere che i giorni 21, 22, 23 e 24 giugno si è svolta quella che sarà chiamata la battaglia del fronte alpino occidentale, impegnata su una estensione di duecento chilometri, a quote tra i duemila e i tremila metri, in mezzo a incessanti tormente di neve.

Agente, vi prego, perdonatemi. Che vi costa? Lasciatemi andare. Ho diciassette anni non ancora compiuti. Sto a servizio da una signora in piazza Bovio, una signora importante, se sa questa cosa che ho fatto subito mi caccia, e io non posso tornare a casa a Miano dicendo che ho perso il lavoro, mio padre mi ammazza.

Io non lo so perché l'ho fatto. In quel negozio, figuratevi, non ci posso neanche passare davanti, tantomeno entrare e addirittura comprare qualcosa di quello che vendono. È stato, come si dice?, un equivoco, sí. Una specie di malinteso, si dice cosí quando non si capisce qualcosa, vero?

Un malinteso con me stessa. Questo è stato.

Io davanti a questo negozio ci passo due volte al giorno, una la mattina presto ma sta ancora chiuso, una la sera quando me ne vado.

Dalla signora mia vengono in visita un sacco di persone, sapete. Tutte eleganti, vestite bene. Qualche volta certe ragazze dell'età mia accompagnano le mamme a fare visita. Loro a me neanche mi vedono, io a loro invece me le guardo da capo a piedi.

E la notte, quando dormo stanca morta per la fatica, mi sogno a me al posto loro. Con i vestiti e i cappellini, e le scarpe. Agente, che belle scarpe che tengono. Cosí morbide, cosí calde.

Io non lo so che mi è successo, stasera sono entrata nel negozio. Ho chiesto se potevo vedere un rossetto, ma era per stare un poco là dentro, in mezzo a tutte quelle cose belle. E la commessa, lei stava facendo sentire un profumo a una signorina, com'erano belle, agente, non potete avere un'idea di com'erano belle e come ridevano, tutte e due.

E insomma, la commessa si volta per prendere il rossetto che volevo vedere, e io non lo so cosa mi è successo.

Forse la stanchezza, mi credete? Secondo me mi sono addormentata un attimo in piedi, là, quella la signora mia me lo dice sempre che mi addormento in piedi, e mi sveglia con uno schiaffo. Mi sono addormentata e ho sognato.

Ho sognato di essere quella signorina, forse; o una di quelle che vengono in visita dalla signora mia.

Sí, l'ho presa. Non ci ho pensato, nemmeno me n'ero accorta. E mi dispiace se poi l'ho fatta cadere, ma adesso almeno lo sentite che profumo ci sta, nel negozio? È bellissimo, no?

Vi prego, agente. Vi prego. Non tengo ancora diciassette anni.

Non mi rovinate.

Mi chiamo Vincenza Esposito. Se mi lasciate andare, la Madonna ve lo rende.
Io non sono una ladra. Mi sono solo addormentata. E ho sognato.
Forse.

Gli italiani e gli stranieri devono sapere che i francesi annidati nelle caverne, muniti di cannoni di ogni specie, hanno resistito accanitamente fino all'ultimo. Sino cioè all'armistizio e anche alcune ore dopo, poiché, fra l'altro, erano stati tenuti letteralmente allo scuro di quanto era accaduto nel resto della Francia.

Mi chiamo Lanero Elvira, di anni ventisei. Sto a via San Pietro, a Casavatore.
E se non sono morta è strano, dotto', perché secondo me dovevo morire. Dovevo proprio morire. Perché Ferdinando, se colpisce per ammazzare, ammazza. Lo ha fatto già.
Lo so. Io lo so che Ferdinando tiene moglie e figli. Quattro ne tiene, di figli. Ma io gli voglio bene, non ci posso fare niente.
Io sono un'operaia, lavoro dentro a una fabbrica di guanti e di borse. Siamo trentacinque in una stanza, e quello che usiamo per trattare le pelli ci avvelena, si sente la tosse piú delle macchine, si sputa il sangue, ma è un lavoro pagato bene.
Io sto con Ferdinando da otto anni. Viene da me una volta ogni tanto, lo so. E non lo posso nemmeno salutare se lo incontro per strada, lo so. E se sto male

non gli posso chiedere nessun aiuto, so anche questo. Tiene la famiglia sua, i bambini, e mai mi ha detto che li lasciava per me. Mai.

Io non ho mai guardato a nessun altro, dotto', perché tengo un cuore solo e quello è di Ferdinando mio. Nessuno ha avuto niente da me.

Lo so, vivo in maniera indecente, in un sottoscala con l'acqua che gronda dalle pareti. E mi rendo conto che tra il veleno della fabbrica e l'umidità non ci vorrà molto, e manco mi dispiace perché non tengo a nessuno, parenti o amici o figli.

I figli li terrei pure, dotto', perché tre volte ci sono rimasta e tre volte Ferdinando mi ha detto che se non mi liberavo, cosí ha detto, io a lui non lo vedevo piú, e io senza Ferdinando non posso campare. L'ultima volta la mammana ha detto che ci eravamo levati il pensiero, e siamo stati tutti contenti.

E insomma, lo so che vivo male. Che ci stanno i topi, e adesso che è estate è pure pieno di insetti. Ma come faccio a cercare un posto piú decente? I soldi servono a Ferdinando, poverino, ha quattro figli e deve pure girare per strada, un vestito decente, un cappello chi glielo deve comprare?

E adesso ci sta pure questo fatto dell'esercito, dotto'. Che lo chiamano a fare il soldato, che deve pure andare in fanteria, quelli li ammazzano tutti, come lo posso consentire? Lui ha trovato a questo, che con qualche migliaio di lire lo fa esentare. Si tratta di avere salva la vita. E io, che sono inutile, non sono riuscita a trovare i soldi.

Dotto', se potete mettete un poco di pomata sulle ferite. Io a Ferdinando non lo denuncio, perché gli voglio bene, lui è l'uomo mio. Ha solo perso la testa. Per colpa mia, perché non ho trovato i soldi e il padrone non mi ha voluto anticipare la paga del mese prossimo.
Mi è andata bene, dotto'. Non sono morta. Per questa volta.
Ma io a Ferdinando mio non lo denuncio. Mai.

Gli italiani e gli stranieri devono sapere che la battaglia è stata dura e sanguinosa. Migliaia di uomini fuori combattimento lo testimoniano. Come è regola del Regime saranno pubblicati gli elenchi dei caduti. Quanto ai feriti, che ho visitato negli ospedali, dico che è difficile trovare nel mondo un'altra razza la quale, davanti alle piú crudeli lacerazioni della carne, dimostri, come l'italiano, tanta calma e tanto stoicismo.

Signora Maria? Scusatemi se vi disturbo, mi dispiace di venire a bussare alla porta vostra a quest'ora. Perdonatemi.
Lo sapete, l'ufficio di largo Ferrandina a Chiaia nei giorni di festa è aperto solo la mattina, e oggi è domenica. Vi volevo chiedere se mi potete comunque accompagnare.
Lo sapete perché Pietro mio ha deciso, mica era contento di andarci. Ma da quando il padre è morto, cinque anni fa, veramente abbiamo fatto di tutto. Ci

siamo venduti le cose, abbiamo rinunciato a mangiare due volte al giorno, ve lo dico senza vergogna. Ma non siamo andati a rubare, perché non lo sappiamo fare e perché non è arte nostra, noi vogliamo camminare per la strada con la testa alta, vi pare? Forse la colpa di questo fatto di Pietro mio è di Rosetta, la sorella piú piccola. Rosetta, lo sapete, è aggraziata e pare una damina, sa leggere e ci piace assai andare a scuola. Pietro le vuole bene, anche se è piú grande la guarda con la luce negli occhi, ha sempre detto che non deve fare la vita che facciamo noi, che deve avere un poco di dote per sposarsi bene.

Io gliel'ho detto che non era cosa per lui. Pietro è cresciuto per strada ma non ha mai fatto male a una mosca, è buono di animo. Niente, ha creduto a quello che si diceva in giro, ai manifesti per strada. E ci è andato, si è arruolato.

Manda i soldi a casa, viviamo decentemente per merito suo. Ma adesso sono dieci giorni che non arriva una sua lettera.

Lo so, Rosetta sa leggere e io mi potrei portare lei. Ma mi dovete capire, signora, io non me la sento. Non ci posso pensare a lei, che è innamorata del fratello e che trova il nome suo in faccia a quel muro.

Adesso ho saputo che è uscito l'elenco dei morti della battaglia sulle Alpi. Io non so leggere, lo sapete. E non l'ho detto a Rosetta.

Mi potete accompagnare voi, signora Maria? Vi prego. In un'ora andiamo e torniamo. Mi dispiace che è domenica.

Ma io vorrei sapere se Pietro mio ci sta ancora sulla faccia della terra oppure no.

Altezza, scrivendovi, a visita ultimata, ho creduto che non si dovesse ulteriormente tardare a precisare questi dati di fatto che già appartengono alla storia e accrescono il patrimonio di gloria dell'esercito italiano.

La Patria può essere fiera di questi suoi figli in armi, temprati nel cuore e nei muscoli da venti anni di fascismo.

MUSSOLINI

Roma, 2 luglio XVIII

XXXI.

Il primo giorno aveva gridato per tutto il tempo. Gli avevano tolto l'orologio, non aveva idea di quanto fosse passato. Dalle sbarre della finestra aveva visto il sole sorgere e fare il suo lento passaggio nel cielo. Il caldo era bestiale, e bestiale era la compagnia; dalle celle vicine gli urlavano di tacere, bestemmiavano e si lamentavano. Sembrava di stare all'inferno.

L'ambiente era ristretto, un pagliericcio di colore indefinibile a terra, un vaso per i bisogni, una sedia traballante.

Due volte venne una guardia per dargli da mangiare e dell'acqua, due volte accavallando le parole provò a dire chi era, che non aveva fatto niente e doveva uscire. Non ricevette nemmeno una parola in risposta.

Il sole compí la sua quotidiana parabola e affondò dietro la collina, e il dottore capí che era troppo tardi, non aveva potuto mantenere il suo impegno.

Accovacciato sul pavimento, le spalle poggiate al muro sudicio e umido, si accorse con orrore di stare piangendo.

La frustrazione, certo. Il pensiero che l'avrebbero giudicato un vigliacco, per non essere stato capace di portare a termine il compito che si era voluto accollare con tanta insistenza. La rabbia di non essere riuscito ad avvisare per far sí che qualcuno prendesse il suo posto. Perché qualcuno ci sarebbe stato. Sicuro.

E anche la maniera in cui era accaduto: una squallida colluttazione in una squallida trattoria di quartiere, con un ubriaco in cerca di grane, per difendere una donna che aveva visto una sola volta nella vita.

Il pensiero andò a Bianca, e a quello che gli stava dicendo. Chissà qual era il problema che poteva investire Ricciardi e la bambina. Non aveva fatto in tempo a scoprirlo, ma il volto pallido e la voce tremante della contessa lo avevano preoccupato. Neppure in questo era riuscito: a sapere come proteggere il suo amico.

Perché qualcosa avrebbe potuto fare: altrimenti perché la contessa lo avrebbe cercato, trascinandolo in un posto cosí diverso da quelli che lei frequentava?

Gli parve di percepire un suono conosciuto. Poteva essere una voce. Si alzò in piedi, si avvicinò alla porta della cella e udí dei passi che si avvicinavano.

Poi il chiavistello scattò e nella porta si aprí uno spiraglio. Il raggio di luce che penetrava dall'esterno fu subito oscurato da una enorme sagoma umana.

La voce del brigadiere Maione disse:

– Va bene, Caputo, torna tra dieci minuti. Devo parlare col signore, qui, per un'indagine in corso. Se faccio prima, ti chiamo –. L'invisibile Caputo richiuse la porta alle spalle del brigadiere, che entrò nella cella.

– Caspita, prima classe, eh, dotto'? Mi dispiace, lo so che è difficile per chi non è abituato.

Modo si avvicinò e quasi abbracciò Raffaele.
– Brigadie', per fortuna siete qui! Potete spiegare che si tratta di un equivoco, e che io non sono colpevole di niente?
– Dotto', voi state *pazziando*, spero. Siete stato trovato con un coltello in mano durante una rissa in un luogo pubblico, malfamato e pieno di pregiudicati. In molti hanno testimoniato che avevate bevuto del vino, e...
– E certo che avevo bevuto del vino, che si beve in un'osteria? E il coltello mica era mio, mi conoscete, io non vado in giro con un coltello in tasca, state scherzando voi, non io!
Modo allargò le braccia.
– Dotto', questo risulta dal verbale, io me lo sono trovato sulla scrivania, non c'ero. Sono circostanze che potete negare?
Il medico si passò una mano sulla faccia.
– No, non le posso negare. Ma il coltello era dell'energumeno che mi ha aggredito, io gliel'ho solo tolto di mano, perciò lo tenevo io! E avevo bevuto appena un bicchiere con la signora che era in mia compagnia, per difendere la quale...
– Quale signora? Nel verbale non si menzionava nessuna signora.
Modo fece per rispondere, poi desistette. Se la contessa di Roccaspina, per tutelarsi, era riuscita a non risultare presente, era meglio per lei e anche per il motivo del loro incontro.

– E va bene, brigadiere. Se non mi potete aiutare a chiarire la mia posizione e se non credete a quello che vi dico, per quale motivo siete qui?
Maione assunse un tono conciliante.
– E su, dotto', io mica ho detto che non vi credo. Se dite che eravate là con una signora, io mi posso pure fidare, per carità. Anche se mi pare strano andare a finire cosí fuori mano per un incontro, ma avrete avuto le vostre buone ragioni. E se mi dite che il coltello non era vostro, va bene, credo anche a questo. Resta il fatto che ci sta un verbale, che siete stato arrestato e che il problema non è di poco conto.
Modo si lasciò cadere sulla sedia, che traballò al punto di fargli mettere una mano sul muro per non crollare a terra.
– E che sarà mai, in una città dove squadre di fascisti girano a rompere teste nell'assoluta impunità e con voi poliziotti che vi voltate dall'altra parte? Io non ho fatto niente!
– E no, dotto', che cosa brutta che state dicendo, non mi pare di meritare queste critiche. E giacché fate riferimento alle squadre fasciste, dovreste stare attento piú voi di me, non vi pare?
– Che volete dire?
– Ci ricordiamo qualche vostro trascorso con quella gente, dotto'? E mi pare che mai avete fatto mistero delle vostre idee, molte volte il commissario nostro ha dovuto chiedere una mano per tirarvi fuori dai guai, lo dobbiamo ammettere. Ed è proprio per questo che sono venuto, se lo volete sapere.

– Sentite, brigadie', io non so cosa volete dire. C'è stato questo incidente, e va bene, ma...
– Ecco, dotto': un incidente. Capitano certi incidenti che a volte si rivelano positivi, perché ne risparmiano di peggiori. Voi forse cosí lo dovete vedere, questo fatto: come un impedimento a combinare un guaio piú grosso.
– Brigadiere, a me sembra che sotto sotto mi stiate dicendo qualcosa. Qualcosa che non capisco, mettiamola cosí. Se vorrete essere piú chiaro, ve ne sarò grato.
Maione si avvicinò alla finestrella con le sbarre.
– Certo, vista da qui, pare bella pure una strada triste come Poggioreale. Triste, sí, ma perlomeno libera. Chissà quanta gente ha guardato la libertà da qua dentro per una trentina d'anni, eh, dotto'? Magari ci sono pure morti, e proprio in questa cella. Chi lo sa... Dotto', voi siete sorvegliato. E adesso, dopo questo... come avete detto? Ah, sí, incidente. Dopo questo incidente, lo sarete ancora piú da vicino. Per cui io al posto vostro starei attento.
– Ma attento a che? Che volete dire, si può sapere?
– Se io fossi invitato a una festa, e avessi qualcuno che viene sempre appresso a me, penserei che se ci vado, alla festa, magari si intrufola pure qualcuno che non è stato invitato. E che si ritrova alla festa perché ce l'ho portato io. Mi spiego, dotto'?
– Ma io non vado a nessuna festa, brigadie'.
Maione applaudí, teatrale.
– Bravo, dottore mio. Bravo. Ecco la scelta giusta, se davvero si vuole bene agli amici. Si tratta di farsi qual-

che giorno di vacanza qua dentro, mi rendo conto che non è il massimo della comodità, ma aiuta a riflettere, ve lo posso garantire. Io nel frattempo faccio del mio meglio per togliere di mezzo il procedimento: diciamo che eravate un poco alticci e c'è stata una discussione su una canzone, che a voi piaceva e all'amico vostro no. La critica musicale, certe volte, può degenerare.
– C'è sempre la questione del coltello, che...
– Il verbale è pieno di errori, 'ste guardie non sanno proprio scrivere in italiano. Glielo faccio copiare in bella, cosí tolgono le cose inutili. E che c'è di piú inutile di un coltello che non è stato usato?
– Va bene, brigadie'. Tanto a quest'ora, se anche avessi avuto un appuntamento, sarebbe sfumato. Ma c'è un'altra cosa. La signora che non c'era all'osteria mi aveva cominciato ad accennare a un problema relativo a Ricciardi. Dovreste cercare di capire di che si tratta, io da qui non posso aiutarlo.
– Certo, dotto'. Ho capito. E siccome ho pure capito chi può essere la signora che non c'era, sulla base della descrizione sempre immaginaria della guardia intervenuta, posso andare a chiedere. Intanto però vorrei una promessa da voi. Sempre se possibile.
– Se posso, figuratevi.
– Vorrei che vi prendeste una bella vacanza. Vera però, non come questa. L'aria della città per voi è diventata un poco pesante, secondo me non vi fa bene. E me ne andrei subito, senza perdere tempo a salutare gli amici; per non contagiarli, diciamo. Me lo promettete?

– Ci penso, brigadie'. Vi prometto che ci penso. Maione sogghignò.
– Quanto mi piacete quando diventate ragionevole. Buon riposo, dotto' –. Poi si avvicinò alla porta, batté forte e urlò: – Caputo!

XXXII.

Durante il ritorno da Sapri e la notte successiva, Ricciardi aveva riflettuto sull'opportunità di proseguire la propria strana indagine.

Come gli suggeriva l'istinto, era ormai a un passo dalla soluzione, che stava poi nel capire cosa avessero gli altri da nascondergli; lo stesso istinto però lo metteva in guardia, giacché non tutto ciò che avrebbe scoperto avrebbe potuto rivelarsi positivo. Anzi, qualcosa gli diceva addirittura di lasciar perdere prima che fosse troppo tardi.

Ma Ricciardi restava comunque un poliziotto. E un poliziotto non si ferma dietro l'ultima porta che lo separa dalla verità.

Caterina Granato, che il dottor Persico aveva definito l'unica amica di Annina Angrisani, era ancora viva, come lo stesso medico aveva affermato. E abitava a Fortino, nel borgo che sorgeva ai confini della proprietà Malomonte e si spingeva non lontano da Casaletto. Poche centinaia di metri, che Ricciardi percorse la mattina dopo.

L'indirizzo e le informazioni sulla buona salute della donna gli erano stati forniti da Nelide, la quale non commentava gli strani quesiti del signorino ma era sempre piú perplessa. Di certo non sapeva nulla di quella vecchia storia: era una questione che riguardava la generazione precedente.

Ricciardi giunse nei pressi di un muro diroccato. Un'apertura ad arco conduceva a un ampio cortile con un pollaio, un porcile e una casa a un piano dotata di un terrazzino coperto. Nell'udire i passi sulla ghiaia, una donna intenta a nutrire i maiali interruppe la propria occupazione e rimase immobile a fissare la figura che si avvicinava, gli occhi strizzati per non farsi accecare dal sole.

Il commissario si fermò davanti allo steccato del porcile.

– Sono Luigi Alfredo Ricciardi, cerco la signora Caterina Granato. Siete voi?

La donna continuava a scrutarlo quasi non avesse sentito una parola. Poteva avere sessant'anni come cento. Il viso era un reticolo di rughe, il naso pronunciato faceva ombra al mento sporgente. Il capo era coperto da un fazzoletto che un tempo doveva essere stato bianco. Indossava un abito nero, le scarpe erano in condizioni pessime.

Ricciardi si schiarí la voce e ricominciò.

– Buongiorno, *signo'*. Mi chiamo...

La donna lo bloccò, con una voce gracchiante che la rendeva simile a una strega uscita da un libro di favole.

– Lo so chi siete. Lo so bene, *eccellenza*.

Aveva pronunciato l'appellativo come fosse stato un insulto, accompagnandolo con uno sputo per terra.

Ricciardi valutò se girare sui tacchi e tornarsene da dove era venuto, lasciandosi dietro l'intera faccenda.
– Io invece non ho il piacere, e mi scuso per la visita non annunciata. Vorrei farvi qualche domanda per...
– E so pure su quale argomento mi volete fare le vostre domande, *eccellenza*.
– Perdonatemi, ma vi ho fatto qualcosa? Mi pare difficile, dal momento che non vi conosco. E poi, come credete di sapere già ciò che ho da chiedervi? Io non ne ho parlato con nessuno.

La strega rise, rivelando una chiostra di denti inspiegabilmente in buono stato.
– Siamo in un paese piccolo, *eccellenza*. E il maresciallo Costa, Teodoro Angrisani e l'autista dell'automezzo postale per Sapri non sempre tengono a freno la lingua.
– Ho capito. Allora non è un segreto che vorrei domandarvi di Annina Angrisani. Nello specifico, che ne è stato dell'intera famiglia della vostra amica, dopo l'assassinio di Gaetano Sarubbi da parte di Rocco?

La donna restò in silenzio. L'odore greve che saliva dal porcile e il caldo asfissiante procurarono a Ricciardi un senso di vertigine.
– Prima mi dovete dare voi una risposta: da che dipende questa ossessione, *eccellenza*? Perché state costringendo tante persone a ricordare quello che non vogliono ricordare?
– Proprio perché sembra che nessuno voglia ricordare, signora. Mi pare ingiusto nei confronti degli innocenti. A voi no?

Caterina parve sorpresa, ci mise un po' a recuperare la parola.
– Sí, ero amica di Annina. Ci volevamo bene piú di due sorelle. Al contrario, quelle vere, di sorelle, non le volevano particolarmente bene. Nessuno in realtà voleva bene ad Annina. E invece lei era la persona migliore di questo mondo.
– E per quale motivo nessuno le voleva bene?
– Perché era bella, eccellenza. La bellezza era la sua rovina. Quando si nasce povere, essere belle è la piú terribile delle disgrazie.
– Ma aveva un marito, dei figli. E come dite voi stessa, era anche una ragazza perbene. Sarà stata pure invidiata per l'aspetto fisico, ma dubito che nessuno l'amasse.
– Vi sbagliate, eccellenza. Il marito era il suo *proprietario*, l'amore non c'entrava niente. I figli? I figli non dànno, prendono. Soltanto io le stavo accanto e ne raccoglievo le confidenze. Soltanto io ne conservo la memoria.

Ricciardi avrebbe voluto porre termine alla conversazione. Il fetore era spaventoso, gli insetti non smettevano di ronzargli attorno, il sole, alto nel cielo, picchiava senza pietà. E Caterina Granato non accennava a invitarlo all'interno.

– Vorrei sapere se è vero che Angrisani uccise Sarubbi per gelosia, se aveva ragione o no. E perché venne ad ammazzarlo nel vigneto di casa mia, quando avrebbe potuto farlo dovunque. E cosa successe dopo? Perché non si parla mai della figlia di Annina? Se sul serio le avete voluto bene e pensate che ciò che le è accaduto sia iniquo, allora ditemi qualcosa. Non è mai tardi per fare giustizia.

Anni e anni di interrogatori gli avevano insegnato che a volte era necessaria una scossa, una manifestazione di assoluta sincerità, per ottenerne una di ritorno. Funzionò. Caterina fece un cenno a Ricciardi e si avviò verso l'abitazione, indicando due sedie sul terrazzino.

– Rocco, il marito di Annina, era violento. Stava sempre zitto, e ogni tanto scoppiava come una bomba. Se n'era andato all'estero, servivano i soldi per le cure di Michele, il secondo figlio, che non si poteva spostare e quindi la famiglia non poteva partire con lui. E siccome il costo del viaggio di ritorno era troppo elevato, Rocco rimase fuori per cinque anni. Quando rientrò, c'era la bambina. Che di anni ne aveva quattro.

Ricciardi tacque. Aveva immaginato qualcosa del genere, dopo che il dottore gli aveva ricordato dell'esistenza della figlia. Ora ne aveva avuto la conferma.

– Quando Annina seppe che Rocco stava arrivando, mi diede la bambina e mi pregò di nasconderla. Temeva che il marito se la prendesse con la piccola. Io accettai e raggiunsi mia madre, a Vallo della Lucania. Feci male: se fossi rimasta, forse avrei evitato quello che poi capitò.

Ricciardi si andava riprendendo, grazie all'ombra del terrazzino. Caterina proseguí.

– Rocco non era nemmeno entrato dalla porta, che Teodoro, il figlio, lo avvisò della bambina. Lui sapeva

che Gaetano era stato il primo corteggiatore di Annina, e corse a cercarlo. Lo trovò alla locanda.
– E lí ci fu la colluttazione, e intervennero i carabinieri.
– Cosí mi hanno raccontato. Ma Gaetano non c'entrava niente. Annina non si sarebbe mai fatta sfiorare da lui.
Non l'ho nemmeno toccata la tua donna, pensò Ricciardi. Poi commentò:
– Però la bambina non era nemmeno figlia di Angrisani. Di certo qualcuno...
– Ma non lui. Non Sarubbi.
– Resta il fatto che la gelosia di Rocco era fondata, perché la figlia non era sua. E restano pure le altre due domande: perché nel mio vigneto? E cos'è accaduto, poi?
– Accadde che Rocco, dopo l'omicidio, tornò a casa e picchiò la moglie. Quasi la uccise, forse si convinse che era morta e perciò si fermò. Scappò, e nessuno lo ha piú visto. Dicono che sia deceduto all'estero. Io mi auguro che esista l'inferno, cosí ci può bruciare per l'eternità come merita.
– E Annina?
– Non si riprese mai. Chissà quante ossa le aveva rotto, quel bastardo. Durò tre mesi, perché aveva una forza enorme anche per i figli. Dopodiché è morta pure lei e adesso è tra gli angeli, perché era buona. Ed era bellissima.
– E la bambina?

– Qualcuno ne ebbe pena e la mandò a studiare in collegio. Peccato, me la sarei tenuta io. Era una povera innocente.

– Ma insomma, perché l'omicidio è avvenuto lí? Perché Sarubbi era andato nel mio vigneto, e come lo sapeva Angrisani?

La donna puntò gli occhi in quelli di Ricciardi. Era uno sguardo senza tempo e senza futuro. Il commissario rabbrividí, nonostante il caldo.

– Le risposte che vi servono le dovete cercare da un'altra parte. *Eccellenza*.

XXXIII.

Una volta compreso che da Caterina Granato non avrebbe cavato altro, Ricciardi uscí in fretta dalla corte dove la donna lo aveva, per cosí dire, ricevuto.
Si fermò in strada per riprendere fiato. Gli girava la testa, era preda di un forte malessere. Forse si trattava di un colpo di calore, oppure di nausea generata dal greve olezzo del porcile e del pollaio. Ma ad affliggerlo era anche l'angoscia scaturita dal lampo di dolorosa comprensione che gli si era parato davanti.
Era un poliziotto, abile nello sfruttare ogni scorciatoia utile a delineare il quadro generale. La sua mente correva veloce da un punto all'altro, metteva insieme gli indizi; e ciò che pareva incompatibile prendeva poi posto nella casella giusta, squarciando il buio e svelando la verità.
Pure a distanza di trentaquattro anni.
Alla conferma di quanto aveva intuito dal poco che gli aveva detto Caterina sarebbe potuto arrivare da solo. Gli sarebbe bastato trovare riscontri su date e consecuzione degli eventi consultando documenti pubblici, accedendo ai certificati della parrocchia e del municipio, tornando alla stazione dei carabinieri. Ma cosí in

paese la direzione che aveva deciso di seguire sarebbe stata evidente a chiunque, persino a chi aveva manifestato la chiara volontà di non riaprire antiche ferite. Restava una sola cosa da fare. Ed era meglio farla subito.
Aspettò che la testa smettesse di girare. C'era una voce che gli risuonava nell'orecchio, impietosa, ed era quella del morto, di Sarubbi. Non durante il loro incontro all'ombra del vigneto, ma nel sogno.
Tutti quei morti ammazzati, e io ancora senza giustizia.
Non era lui, a parlare. Era la coscienza stessa di Ricciardi. Era il commissario a chiedere giustizia. A voler sapere perché il piccolo Luigi Alfredo, un bambino di appena sei anni ignaro dei mali degli uomini, delle nebbie nere delle passioni e degli effetti che esse avevano sulle esistenze, aveva dovuto essere testimone di una sofferenza cieca e inaudita.

Doveva rendere conto a sé stesso delle decine, delle centinaia di morti ammazzati che era stato costretto a vedere e sentire da allora.

Si avviò. Sapeva dove andare.

Udí rimbombare i colpi del martello sull'incudine ben prima di giungere all'officina. Lo spazio era piuttosto ampio, illuminato dalla luce rossastra e infernale prodotta dalla fucina. Al centro del locale, invaso da un calore insostenibile e dall'odore acre del metallo rovente, c'era un furgone con il cofano sollevato.

Quando Ricciardi entrò, i quattro operai intenti al lavoro si scambiarono occhiate perplesse. Erano sporchi, sudati, le facce annerite. Il commissario quasi stentò a riconoscere fra loro l'uomo che stava cercando. Teodoro Angrisani si avvicinò, pulendosi le mani in uno straccio sporco di grasso.

– Eccellenza, quale onore avervi qui. Cosa posso fare per voi?

Ricciardi sentiva addosso lo sguardo degli altri. C'era un ragazzo troppo simile a Teodoro per non esserne il figlio.

– Non credo che possiamo ragionare qui, Angrisani. Andiamo fuori, per favore.

L'uomo non accennò a muoversi. I piccoli occhi diffidenti ricominciarono la loro danza tutt'attorno.

– Eccellenza, se l'argomento è lo stesso dell'altro giorno, io già vi ho detto quello che so. È inutile che parliamo ancora. Se permettete, io dovrei finire di aggiustare il furgone, facciamo anche un po' di officina meccanica, i cavalli e i muli sono sempre meno utilizzati, e quindi...

Ricciardi disse, a bassa voce:

– L'officina è mia, è cosí? E anche l'appartamento di sopra, dove abitate. Mi sembra un'ottima collocazione. Chissà quanto si può ottenere, affittando a prezzi di mercato.

L'uomo trasalí. Poi urlò qualcosa in dialetto stretto agli operai e uscí con Ricciardi.

– Angrisani, l'altra volta io vi ho parlato con delicatezza e cortesia. Ma certe cose che ho scoperto dopo mi hanno fatto capire che voi con me siete stato reticente. E questo mi irrita e mi delude.

Teodoro adesso aveva paura. La durezza di Ricciardi e ciò che gli aveva detto sull'officina costituivano una minaccia grave per la sua famiglia. Quell'uomo dalle inquietanti iridi verdi aveva davvero il potere di metterlo in mezzo a una strada.

– Eccellenza, vi sbagliate! Tutte le cose che vi ho detto...

– Il che non vuol dire affatto che mi abbiate detto *tutte* le cose che avrei dovuto sapere.

– Non avevo capito che era un interrogatorio, eccellenza. Mi pareva una conversazione tra...

– Tra amici? Noi non siamo amici, Angrisani. Io sono una persona che vi ha posto delle domande, e per carità, voi siete libero di non rispondere. Come io sono libero di regolarmi come ritengo, sulle mie proprietà.

Teodoro abbassò il capo, frustrato. Quando si risollevò, Ricciardi comprese di avere davanti un uomo sconfitto.

– Ditemi pure, eccellenza. Sono a disposizione.

– Vostra sorella. Non mi avete detto niente di lei, mi avete raccontato solo del vostro povero fratello defunto. E non mi avete detto niente nemmeno di quello che è successo a vostra madre per mano di vostro padre.

Angrisani si trasfigurò. Il viso, fino ad allora pressoché inespressivo, fu inondato dall'odio.

– Mio padre era un lavoratore, un uomo retto e giusto. Ha sacrificato l'intera vita alla famiglia, andandosene a lavorare lontano e morendo da solo, in fuga, sotto falso nome. Per aver fatto giustizia: questa è stata la sua unica colpa. Si parla di Sarubbi, si parla di mia madre e di mio fratello, ma nessuno mai si ricorda di mio padre. Be', me lo ricordo io. La sua memoria la onoro io. Lavorando come lui per i figli, giorno dopo giorno.

– Non è quello che vi ho chiesto, e della sorte di vostro padre mi interessa poco. Vorrei rispondeste alle domande che vi ho fatto.

– Mia madre era una traditrice, eccellenza. Una moglie infedele, una prostituta. Che non si faceva pagare, ed è pure peggio, perché almeno sarebbe stata una giustificazione. E quella che voi chiamate mia sorella, che mia sorella non è perché non abbiamo lo stesso padre, è il frutto lurido di questa infedeltà.

– Che ne è stato di loro?

– Mia madre ebbe la sorte che si meritava. E alla luce dei fatti, che io all'epoca non potevo sapere, fu piú giusto ciò che mio padre fece a mia madre anziché a quell'inutile bracciante. E mi dispiace che gli fu sottratta la bastarda, altrimenti avrebbe potuto completare l'opera.

– È la vostra opinione, Angrisani. E vi ripeto che mi interessa poco. Rispondete alle domande.

– Era sicuro che fosse morta. Anche mio fratello e io eravamo sicuri. Rimanemmo a guardare, gliel'avevo detto io a mio padre che esisteva la piccola bastarda. Era convinto che fosse stato Sarubbi, lo andò a cercare alla locanda, ma lui negò e comunque arrivarono i carabinieri. Allora mio padre corse a casa e fece quello che andava fatto. Mia madre per salvarsi la vita confessò, credo.

– Ditemi della bambina.
– Tornò una settimana dopo, quando mio padre era scappato. Io già la odiavo, ma in quel momento la odiai ancora di piú. Il tempo che passò con mia madre, che riusciva a stento ad alzarsi dal letto, fu l'ultimo in cui la vidi infestare la casa, perché poi vennero a prendersela e se la portarono via. Meglio, altrimenti avrei fatto giustizia io per mio padre.
Ricciardi tacque. I pezzi si andavano ricomponendo. Mancava un tassello fondamentale.
– Dov'è, adesso? E come si chiama?
E Angrisani glielo disse.

XXXIV.

Tu non sai quanto può essere divertente non esistere. Essere uno spettro, anzi, meno: un soprammobile, una tenda, un tavolino. Una cosa utile quando serve, pronta a scomparire quando non serve.
Filomena che è sorda, Filomena che è muta. Filomena che spolvera, lava e stira, Filomena che rifà le camere, Filomena che porta il caffè. Filomena che ci puoi parlare vicino, tanto se sta di spalle non ha nessuna idea di quello che stai dicendo.
Io invece, te l'ho detto, ci sento benissimo. Adesso, per esempio, sento il ronzio dei calabroni e delle vespe, e il canto delle cicale, e il movimento delle foglie degli alberi. Ma non alzo gli occhi dai fagioli che sto sbucciando, e tutti pensano: beata Filomena, che sta nel mondo suo.
Quello che so di quanto è successo dipende, per il grosso, dal fatto che davanti a me parlavano tutti tranquilli: il signore col dottore amico suo in biblioteca, fumando sigari e bevendo il caffè che gli portavo; la signora con mia sorella Rosa in camera da letto, mentre spolveravo. Filomena non esiste.
Ti dicevo che l'amore quando arriva, arriva. E non vuole sapere niente di cosa è successo prima, se è giusto

o sbagliato, se c'è pericolo oppure no. L'amore quando arriva, arriva.

Ti ho detto di Annina, del suo spasimante che raccontava storie, di come si maritò col ragazzo silenzioso dell'altra contrada. E ti ho detto del signore, della sua sposa giovane originaria della città, del bambino e delle emicranie, della porta chiusa della stanza da letto.

Il signore, devi sapere, scoppiava di vita. E scoppiava di vita Annina, rimasta coi due bambini e il piú piccolo malato, bella come il sole e dura come il ferro ad affrontare l'esistenza in salita.

Io la vedevo ogni tanto, Annina. La incontravo che portava roba sulle spalle, o curva nell'orto, oppure mentre andava nei campi pagata a giornata. Non me la ricordo mai triste, avvilita, stanca. Me la ricordo soltanto col sorriso, Annina.

Il signore invece non sorrideva piú. Andava a cavallo, ore intere. Un poco stava col bambino, ma senza grande emozione. Capitava che andava a vedere come stava la signora, ma subito usciva dalla stanza e quando usciva non era mai felice.

Parlava col dottore, e il dottore diceva che a lui sembrava che la signora stesse bene, non vedeva segni di malattia. E restavano zitti, per molto tempo. Stare lí stringeva il cuore, io non vedevo l'ora di uscire dalla biblioteca.

Io non c'ero, quando successe. L'ho sentito riferire dopo dal signore al dottore, ma certo era il suo punto di vista, non conosco quello di Annina. Però, sapendo com'era lei, bella e sorridente, dev'essere stato come la tempesta che travolge tutto, e se ne frega di quanto c'è

voluto a coltivare e ad allevare e a costruire, perché la tempesta non si ferma davanti a niente.
Quando arriva, arriva.

Diceva il signore che stava nella contrada Selice, che stava tramontando il sole alle sue spalle e che Annina veniva di fronte, portando una cesta di panni appena lavati sulla testa, all'uso nostro. Io mi immagino questo sole che la illuminava, bella com'era che sembrava una regina e non una povera mamma sola che mandava avanti due figli di cui uno malato; me la immagino che strizzava gli occhi, che si fermava e si asciugava la fronte e si faceva di lato per fare passare questo cavaliere meraviglioso, alto e forte sul cavallo sauro che era la bellezza delle bellezze.

Io cosí me li immagino, Annina e il cavaliere. Me li immagino nel sole e nella tempesta senza pioggia e senza vento, ma ugualmente una tempesta di quelle che nulla lasciano in piedi quando arrivano, perché te l'ho detto, piccola baronessa, quando arriva, arriva.

Il signore diceva al dottore che niente mai aveva visto di cosí bello, e piangeva mentre lo diceva, che io anche se pensavano che non sentivo mi facevo vicina all'ombra, perché non volevo che smettesse né di piangere né di raccontare, perché gli faceva bene e perché a me piaceva di sentire.

E raccontava che gli diede pena vederla con quella grande cesta di panni, e le disse che gliela voleva portare lui. E lei fece segno di no, ché manco le veniva la voce per parlare, povera Annina.

E allora lui d'un tratto si ricordò del matrimonio in piazza, e che lui c'era andato perché il signore del paese ci deve andare, ai matrimoni e ai funerali, perché la gente si sente piú contenta o confortata, perché il signore li aiuterà in qualche modo.

Dopo che si fu ricordato, scese dal cavallo e disse: almeno riposati un poco, se non vuoi che ti aiuti io. E le chiese del marito, e dei figli, e lei un poco alla volta cominciò a raccontare, e il sole scendeva dietro la montagna, e quando fu sceso si salutarono e ciascuno tornò a casa sua, con nuove parole e nuovi sorrisi, però.

Il giorno dopo il signore non cambiò il giro al suo cavallo, come invece sempre faceva per non farlo abituare alla strada come un somaro, perché era un cavallo importante; e però quel giorno fece lo stesso giro alla stessa ora, perché ricordava quel sorriso e ricordava quelle parole. E lei c'era, Annina c'era, stavolta la cesta era di erba e un poco di frutta, e ancora lui aveva il sole alle spalle e si offrí di aiutarla e lei fece segno di no, e lui disse allora riposati un po'.

E furono altre parole e altri sorrisi.

Io non ti so dire se la colpa era della solitudine e della malinconia, della porta chiusa della stanza, dell'emicrania e del lavoro da emigrante all'estero. In coscienza non ti so dire se quello che successe sarebbe successo lo stesso, o se invece intanto accadde perché quella volta c'era il sole che tramontava alle spalle del signore a cavallo e in faccia ad Annina che era bellissima.

Quello che so è che successe, e siccome quando arriva, arriva, le due solitudini diventarono una compagnia.

Il signore però, lo devo dire, lo raccontò sempre come una colpa. Diceva al dottore che Annina non poteva dire di no, che lui era lui e lei stava in soggezione, che fu lui ad andare a cercarla. Ma anche che non ne poteva fare a meno, che era come una febbre nel sangue e se le stava lontano gli sembrava di morire, anzi, di essere morto, me lo ricordo bene che diceva cosí, è come essere morto, cosí diceva.

Però io sono sicura che se nello stesso tempo si chiedeva ad Annina, se per assurdo lei poteva rispondere, rispondeva la stessa cosa, che se non lo vedeva le sembrava di essere morta.

Forse se la signora non avesse avuto i suoi fantasmi e non avesse chiuso la porta, il signore non sarebbe andato a cavallo in contrada Selice; forse se Rocco non fosse partito per lavorare all'estero, Annina sarebbe rimasta a casa e non avrebbe camminato col sole in faccia e la cesta sulla testa.

Ma invece andò cosí, giusto? E se andò cosí, andò cosí. E non ci sta niente da dire.

Stavano attenti, questo sí. Nessuno mai li ha visti insieme, e lui teneva tante proprietà, non c'era pericolo di farsi vedere. Però un paese ha sempre qualche occhio in piú, c'è sempre qualche orecchio pronto ad ascoltare. E la felicità è difficile da tenere nascosta.

Quando arrivò la bambina, tutti sapevano di chi era. E mai Annina si nascose o se ne vergognò, anche se vicino a lei stava solo l'amica sua, Caterina. Sopportò tutte le occhiate e il mormorio, e nemmeno in chiesa poté piú andare.

Il signore non ebbe il coraggio, e chi lo può biasimare. Si fece ancora piú dolente e triste, e provava a non fare mancare niente ad Annina.

Poi però tornò Rocco. E seppe della bambina. E successe quello che successe. Morí lei, morí lui. Ma tutti muoiono, non ti devi dispiacere.

Rimase la bambina, però. E lui scrisse la lettera, che la signora lesse dopo la sua morte.

E poi la nascose, perché non voleva che nessuno la vedesse. Però io vidi dove la mise, ma la signora non ci fece caso, perché io non esisto.

Divertente, no? Io non esisto, e sto qui a raccontarti la storia che nessuno conosce.

Molto divertente.

XXXV.

Come ogni mattina, il dottor Pasquale Persico percorreva piano il lungomare di Sapri, nel tratto che da casa lo conduceva al faro.

La passeggiata quotidiana era ormai la sua principale occupazione, al di là di qualche consulenza a colleghi inesperti. Le cose in medicina stavano cambiando, pensava, e non sembrava in meglio. Si studiava di piú, e ciò sottraeva molto al nutrimento dell'istinto diagnostico. Per come la vedeva lui, le patologie si annusavano, senza razionalizzare troppo.

Da lontano, si accorse che nel «suo» posto era seduto qualcuno. Ne fu infastidito: sapevano tutti che quella sorta di panchina naturale sulla scogliera sotto il faro era di esclusiva pertinenza del dottore. Doveva trattarsi di un maledetto forestiero.

Quando fu piú vicino, ebbe la conferma che l'occupante in questione era sí un forestiero; però non uno sconosciuto.

– Barone di Malomonte, quale onore! Ti aspettavo, ma non cosí presto. Sei piú in gamba di quanto immaginassi.

Ricciardi aiutò il medico ad accomodarsi.

– Mai sottovalutare un poliziotto. Si corre il rischio di ritrovarsi nei guai.

Persico sbuffò.

– È impossibile che io mi ritrovi nei guai, ragazzo mio: è una prerogativa dei giovani. A me può succedere solo di invecchiare ancora, che è comunque assai meglio dell'alternativa.

Ricciardi fece una smorfia.

– Perché avete detto che sono piú in gamba di quanto immaginaste?

– Perché se sei tornato tanto presto, vuol dire che sei riuscito a ottenere le informazioni che cercavi. E adesso sei qui perché ti serve qualche integrazione.

Il commissario tacque, osservando il mare. Nel cielo correva qualche nuvola, e la quieta distesa d'acqua brillava di azzurro e grigio.

– Vorrei approfondire alcune cose, è vero. Primo, come morí Annina Angrisani. So delle botte del marito, che l'aveva lasciata per morta. La seguiste voi, no?

– Quel maledetto assassino era sicuro di averla uccisa, la poverina quasi non respirava piú. Mi venne a chiamare la sorella, Maria, perché Caterina Granato era andata via con la bambina. Ci fosse stata lei, sarei arrivato per tempo e forse sarei riuscito a porre rimedio diversamente. Ma aveva perso molto sangue, aveva fratture dovunque. Il viso, quel viso bellissimo, era deformato dalle percosse.

– Quanto durò l'agonia?

– No, no, Annina sopravvisse. Un po' per quello che potei fare io, molto per la sua forza di volontà.

Era attaccata ferocemente alla vita. Credo soprattutto per la bambina.
– Come mai?
– Perché era figlia dell'unico amore che avesse mai avuto, come mi disse lei stessa. E perché la piccola aveva soltanto lei. Era stata ripudiata dalla famiglia, la richiesta di aiuto della sorella era un atto di pietà umana, non certo di affetto. I due figli maschi furono subito ben accolti, ma la bambina era il frutto del peccato. Se Angrisani l'avesse trovata in casa, l'avrebbe ammazzata senza pietà.
– Mio padre era vostro amico. Ricordo bene che venivate a fargli visita. E vi chiudevate in biblioteca a chiacchierare.
Persico non rispose. Guardava il mare con il mento appoggiato sulle mani, a loro volta appoggiate al bastone.
Il commissario continuò.
– Per questo Sarubbi era nella proprietà dei Malomonte, quando Angrisani lo raggiunse. Non era lí per cercare aiuto. Era venuto a chiedere a mio padre di rivelare la verità. Questo lo avrebbe scagionato. È cosí?
Persico tacque ancora.
Ricciardi riprese.
– Una verità che conoscevano in parecchi. Ma nessuno disse niente ad Angrisani, perché schierarsi contro mio padre, il barone di Malomonte, signore del feudo di Fortino e proprietario di mezzo paese, non avrebbe portato niente di buono. Però Sarubbi, che era fra coloro che sapevano, era stato accusato ingiustamente, e

quando Angrisani cercò di ucciderlo alla locanda capí che l'unico modo di scamparla era mettere il barone con le spalle al muro.
Il medico non pronunciò una sola parola.
Ricciardi provò a formulare delle conclusioni.
– Forse Angrisani pensò che Sarubbi voleva invece rifugiarsi nel palazzo. Forse pensò che, se avesse lasciato che il bracciante raggiungesse il castello, non avrebbe piú potuto vendicarsi. E corse, corse e lo trovò. Non dandogli il tempo di spiegare.
Perdio, non l'ho nemmeno toccata la tua donna.
Fu allora che Persico parlò.
– Non lo so, cosa pensarono Sarubbi e Angrisani. So però in che condizioni versava la povera Annina, che ci mise tre mesi a morire sopportando un dolore atroce. E conosco la sofferenza di tuo padre.
Ricciardi fece un ghigno amaro.
– La sofferenza della mancanza di coraggio.
Il dottore si girò di scatto. Gli occhi erano pieni di rabbia.
– Non ti permetto di esprimere giudizi affrettati su tuo padre, perlomeno in mia presenza. Non credere che il fatto di essere tu, adesso, il barone di Malomonte mi impedirebbe di prenderti a bastonate per insegnarti la buona educazione.
Il commissario si congratulò con sé stesso per aver raggiunto l'obiettivo.
– Devi prima di tutto considerare la malattia di tua madre. La baronessa trascorreva giorni, settimane in camera. Non parlava con nessuno, sembrava una

morta vivente chiusa in una tomba. Tuo padre era un uomo pieno di vita, con mille interessi, tante amicizie. Non era giusto che si rinchiudesse anche lui –. Riportò gli occhi sul mare. – Annina non era stata un divertimento per nobili annoiati. Non si trattava di un amore ancillare, non era l'abuso di un signore nei confronti di una povera contadina. Annina dava a tuo padre la vita. E lui di vita aveva bisogno –. Si voltò di nuovo a fissarlo: – Era malato, e lo sapeva. Il suo grande e allegro cuore era fragilissimo. Aveva avuto diverse crisi, non gli restava molto. Quando Annina morí, tuo padre era già mancato da almeno un mese; ma io sono certo che fosse morto quando, correndo sotto la pioggia quel maledetto febbraio, se la trovò davanti nel modo in cui quel bastardo del marito l'aveva lasciata.

Ricciardi chiese, in un soffio:

– E la bambina? Non aveva il diritto di... di avere un nome, una famiglia?

– Ebbe un aiuto. Ebbe il beneficio di andare via, di essere salvata dall'odio e dalla maldicenza di quel dannato paese. Poté crescere, studiare e farsi una vita. Non mi pare poco, no?

– Mia madre... Fu lei, vero?

– Sí. In forma anonima. E senza sottrarti alcuna parte del patrimonio, tu eri il figlio legittimo, saresti stato tu a portare avanti il nome dei Malomonte. Ma alla bambina non mancò niente, mai. Tuo padre morendo mi chiese di assicurarmene e io non ho mai avuto bisogno di intervenire, in tutti questi anni.

Ricciardi si alzò, fece un breve inchino e si avviò. Il medico lo richiamò.

– Un'ultima cosa: tuo padre era una persona meravigliosa, e anche l'amico migliore che un vecchio medico di campagna come me potesse avere in dono. Non è una colpa, l'amore. L'amore quando arriva, arriva.

XXXVI.

Man mano che si avvicinava alla casa in cima alla salita di San Nicola da Tolentino, Maione rifletteva sulla capacità del popolo dei vicoli di resistere alla guerra. E non solo alla guerra: alla politica, al governo, alla dissidenza, all'informazione. Dentro i vicoli contava altro.

Contava la sopravvivenza, ragionava Maione sbuffando mentre si affannava a percorrere la ripida strada stretta. La guerra non era un fatto incidentale, nei vicoli. La guerra era un fatto endemico. Non cominciava e quindi non finiva: c'era e basta. E andava affrontata tutti insieme, spalla a spalla.

I vicoli, pensava Maione fermandosi ogni tanto per tirare fuori un enorme fazzoletto e asciugarsi la fronte, sono in realtà una trincea. Un fronte contro il nemico.

Solo che il nemico è la fame, è la povertà, è l'abbandono. Puoi combattere e vincere la singola battaglia quotidiana, ma alla lunga vincono loro perché sono imbattibili.

I vicoli, si ripeteva Maione maledicendo le circostanze per cui doveva rischiare le coronarie facendo quella strada a luglio e sotto il sole, sono un mondo a parte. Affamato e disperato, ma pacifico. Un mondo di contraddizioni e follia.

Il brigadiere girò l'ultimo angolo prima della palazzina in cima, poi rimaneva soltanto la rampa di scale che portava all'ultimo piano: non era ostacolo da trascurare, coi gradini sconnessi, l'umidità che li rendeva scivolosi e la rilevante pendenza da affrontare.

Lungo la salita incrociò due donne, un'anziana e una giovane, in tutta evidenza madre e figlia vista la loro somiglianza. La pinguedine di entrambe mal si conciliava con la mole di Maione ai fini di un passaggio agevole, e i tre furono costretti a prodursi in una danza piuttosto complicata per svincolarsi dal poco amichevole abbraccio e andare ognuno per la propria strada.

Guadagnata la meta, Maione bussò sullo stipite con le nocche. Dall'interno proveniva una musica a volume altissimo, che si mescolava ai rumori e alle voci che giungevano dal vicolo sottostante.

Rassegnato al fatto che nessuno lo avrebbe sentito neanche se si fosse messo a sparare in aria, il brigadiere entrò. Bambinella gli andò incontro ondeggiando sui tacchi di cui erano dotate anche le pantofole, avvolta in una vestaglia rosa e trasparente.

– Brigadie', ma che piacere! Venite, venite, vi faccio subito un buonissimo surrogato.

Maione si guardò attorno. Il disordine era estremo: indumenti femminili sparsi per ogni dove, scarpe disseminate sull'intero pavimento.

– Scusatemi, ci sta un po' di confusione, abbiamo provato qualcosa da dare a certe amiche, ma non ci sta niente da fare: il fisico mio modestamente non lo tiene nessuna, e ogni volta che vorrei prestare un vestito o un paio di scarpe non corrisponde mai la taglia.

Maione squadrò la figura che aveva davanti, intenta a spegnere il grammofono: un metro e ottanta, 45 almeno di scarpe, gambe e braccia lunghissime e una fitta peluria sul torace. Il *femminiello* aveva proprio ragione: il suo fisico non poteva averlo nessuna.

– Le due signore che ho visto scendere, sí? Uno strano incontro, Bambine'. Sono abituato a incrociare i tuoi clienti, quando vengo qua.

L'altra fece una risata che sembrava un nitrito.

– Ma che dite, brigadie', clienti! Qualche amico, certo. Ma di questi tempi, con le brutte facce che ci sono in giro, meglio evitare di ricevere. Quelle due sono appunto amiche, la figlia tiene qualche problema col fidanzato, io ce l'ho detto che, se non perde quei venti o trenta chili, alle corna si deve rassegnare per forza. Vengono a chiedere consiglio e poi fanno di testa loro.

Il poliziotto si asciugava la fronte col fazzoletto.

– Ah, mo' ti sei messa pure a fare la consulente sentimentale?

Bambinella si strinse nelle spalle mentre preparava il surrogato.

– E perché, brigadie', non lo sapete che le persone come me hanno sempre fatto la consulenza sentimentale? Siamo famose, per questo. Dicono che siamo le uniche capaci di consigliare le donne sugli uomini e gli uomini sulle donne. Perché siamo dolci e gentili come le femmine, e come gli uomini teniamo il…

- Per carità, Bambine', silenzio! Lo so che tieni, come gli uomini!
Il *femminiello* sbuffò.
- Il piglio, teniamo. Io quello volevo dire: come gli uomini teniamo il piglio, siamo decise. E quindi diamo i consigli giusti, e qualche volta pure una mano, diciamo cosí. Io per esempio, a Carolina, la *guagliona* che avete incontrato, ci volevo dare un poco di biancheria osé, cosí poteva essere piú, come si dice, seducente. Ma quella con la roba mia addosso pareva una balena, brigadie'!
Maione fece un'espressione disgustata.
- Per favore, Bambine', non mi fare immaginare. Piuttosto, ma non ti metti paura di essere vista? Tu tieni tutto spalancato!
In effetti la porta era aperta, cosí come la grande finestra che dava sul terrazzo. Si vedevano con chiarezza gli abitanti del palazzo di fronte, al di là del vicolo; e soprattutto si udiva una cacofonia di urla, conversazioni, musica da radio e grammofoni, richiami di ambulanti e pianti di neonati.
- Sembra di vivere in mezzo alla strada.
- Uh, madonna, brigadie', io se chiudo una delle aperture qua non si respira piú, ma lo sentite il caldo che c'è? E poi, non fa niente. Noi del quartiere siamo sempre stati uno addosso all'altra, è proprio il modo nostro di campare. Di che mi devo mettere paura?
- Come, di che? Ma lo sai cosa fanno i fascisti a quelli come te, Bambine'? Io qua neanche ci dovrei venire. Io pure ti dovrei arrestare.

Bambinella si girò, il pentolino con l'acqua in mano.
– Brigadie', io infatti non esco piú dal quartiere. Qua sto tranquilla, credetemi. E se qualcuno di qua sopra dovesse denunciarmi, allora mi possono pure venire a pigliare, perché in un mondo cosí non ci vorrei campare piú. Ma, a proposito: a che devo l'onore della vostra visita?

Maione sedette su una poltroncina in stile cinese che emise un gemito sotto il suo peso.

– Ti volevo ringraziare di persona, perché è stato per il tuo intervento che abbiamo salvato il dottor Modo. Quel pazzo si sarebbe fatto ammazzare, se non fosse stato per te.

Bambinella fece una graziosa riverenza, tenendosi l'orlo della vestaglia rosa.

– Grazie per il grazie, brigadie'. Però il grosso l'ha fatto la contessa di Roccaspina con l'amico suo, quel bellissimo uomo che si è travestito da operaio ubriaco. È stato bravo pure a farsi togliere il coltello di mano nel momento in cui entravano le guardie vostre.

Maione trasecolò.

– Ne', Bambine', ma tu come le sai queste cose? Mica ci stavi pure tu!

L'altra ridacchiò.

– No, no, non ci stavo. Ma diciamo che ci stava un mio amico che subito me l'è venuto a raccontare. Dice che appena si sono portati il dottore, il finto operaio e la contessa si sono seduti insieme, e ridevano anche se lui teneva un occhio nero. Quello il dottore nostro le sa dare, le mazzate!

Il poliziotto scuoteva la testa, fra lo scandalizzato e l'ammirato.

– Bambine', tieni una rete di informatori tu, che se l'Ovra ti assumesse potrebbe pure licenziare a tutti quanti.

Bambinella diede a Maione una tazza fumante.

– E meglio sarebbe, brigadie', non vi pare? Piuttosto, che mi dite del dottore? Dove sta adesso?

Maione bevve un sorso di surrogato, e dovette ammettere che quello di Bambinella era migliore di molti caffè spacciati di nascosto in giro per la città.

– L'ho fatto tenere dentro senza registrazione per quattro giorni, il collega del carcere mi doveva almeno cento favori. Poi sono andato io stesso a prenderlo e mi sono assicurato che non tornasse a casa, gli ho detto che l'abitazione è sorvegliata, cosa che con ogni probabilità è vera. Nel frattempo il tedesco è venuto, ha fatto la cerimonia che doveva fare e se n'è andato.

– Però c'è sempre qualche altro tedesco che può arrivare, no, brigadie'? O qualche gerarca da Roma. O qualche nave da far saltare. Mica possiamo sempre contare sulla fortuna di venire a sapere se il dottore si sta mettendo nei guai.

Maione allargò le braccia.

– Bambine', io ci ho parlato. Mi sembrava abbastanza impaurito. Quello che mi chiedo io, e rimanga tra noi, è un'altra cosa: secondo te, abbiamo fatto bene?

Il *femminiello* lo fissò, sorpreso.

– Che volete dire, brigadie'? Non dovevamo salvare il dottore?

– Certo che lo dovevamo salvare, che c'entra! Mi domando se facciamo bene ad accettare quello che sta succedendo, senza fare niente. O se invece dovremmo fare come il dottore, ognuno la sua parte. Non vedi che stanno mandando i giovani in guerra? Questi sono pazzi, lo dicevano ma nessuno ci credeva davvero. Adesso fanno sul serio.

Bambinella si alzò con un movimento assai aggraziato, e andò vicino alla finestra che dava sul terrazzo. Poi si girò verso Maione.

– La vedete questa gente, brigadie'? Vi sembrano impauriti, preoccupati o avviliti? Non sanno se stasera mangeranno, o se domani dovranno partire per il fronte come dite voi, ma la risolvono. E sapete come?

Il brigadiere fece di no con la testa. Bambinella riprese.

– Non ci pensano. Fanno come se tutto fosse uguale a prima, come se le soluzioni le mandasse il padreterno dal cielo. Hanno sempre fatto cosí.

– E non va bene stavolta, Bambine'. Perché ora il fatto è grosso, proprio grosso, e non ci sarà niente da ridere e da cantare e da aspettare il miracolo. Stavolta, vedrai, ognuno dovrà fare la parte sua. Pure qua sopra.

Bambinella si mise a ridere.

– Eh, vabbe', brigadie'! Forse il sole non spunta, domani mattina? E la luna stanotte non si fa vedere? Saranno tempi duri, e magari qualcuno farà una brutta fine. Ma le cose come cominciano cosí finiscono. Bisogna solo aspettare. E cercare di sopravvivere, per

arrivare dall'altra parte della tempesta. Come facciamo sempre, e come sempre abbiamo fatto.
Maione si alzò, a fatica. Sentiva addosso un'immensa stanchezza.
– Che ti devo dire, Bambine': speriamo che stavolta hai ragione tu. Io sono contento di essere vecchio, perché questo mondo sta diventando una schifezza. L'unico problema è che tengo i figli, quindi non me ne posso fottere della fine che stiamo facendo. Statti bene, e non ti fare vedere in giro. Mi raccomando.
Bambinella gli mandò un bacio sulla punta delle dita.
– Tranquillo, brigadie'. Ricordate? Fascino e riservatezza!

XXXVII.

Tornando verso casa, Ricciardi ebbe chiaro cosa avrebbe dovuto fare.
Non che rendesse la situazione piú facile. Sentiva forte la responsabilità che gli derivava dal coinvolgimento diretto della propria famiglia. Da quando era di nuovo a Fortino, *status* e origini erano diventati un fattore condizionante nelle decisioni da prendere. Nei lunghi anni trascorsi via dal paese se li era scrollati di dosso, e se gli capitava di incontrare qualche conoscente del padre si sentiva addirittura in imbarazzo.
Adesso invece era il barone di Malomonte, e aveva un ruolo da assolvere.
La questione nata dall'omicidio Sarubbi si era estesa fino a far emergere aspetti che mai avrebbe immaginato. Doveva scegliere se girarsi dall'altra parte e lasciare che la vicenda cadesse nell'oblio, oppure andare avanti compiendo il passo che mancava.
Pensava tuttavia a Marta, alla quale, una volta adulta, avrebbe offerto una visione torbida della generazione dei suoi nonni. E non sapeva come avrebbero reagito le altre persone coinvolte, se ci sarebbero state rivendicazioni o ulteriori sofferenze. Il solito dilemma

che aveva dovuto affrontare tante volte in passato: diviso tra la verità e i suoi terribili effetti sull'esistenza.

Piú che tutto, però, avrebbe voluto sapere cosa aveva provato suo padre. Quell'uomo che ricordava a stento, che si era sempre immaginato rigido e formale, protagonista dei salotti e appassionato di cavalli ma anche devoto alla famiglia e al titolo nobiliare, davvero si era innamorato come un adolescente di una contadina con due figli? Davvero aveva contravvenuto senza rimorsi alle convenzioni sociali che gli imponevano di rispettare moglie, figlio e casato?

Era un dato di fatto che quanto scaturiva dalle conversazioni e dagli approfondimenti di Ricciardi convergeva verso quel quadro. Ed era misterioso persino il ruolo di sua madre, nel tempo successivo alla morte del barone e della stessa Annina; che cosa aveva fatto per la piccola? E per quale motivo? E perché la vicenda era poi finita nel dimenticatoio, lasciandosi dietro una scia di reticenze e di imbarazzi?

Era già sera quando Marta gli saltò al collo gioiosa. Lui affondò nell'abbraccio della figlia. Accantonò la malinconia, grato per ciò che gli era accaduto se era servito per essere lí, adesso.

La bambina si accalorava nel raccontargli d'un fiato la propria giornata. Arrivò Nelide, che brontolò:

– Oggi la baronessa tiene l'*arteteca*. Non si mantiene, ma dove la piglia 'st'energia se non si mangia niente?

– Perché, che ha combinato questa pazzerella?

– Ma che vi devo dire, è tornata dal poggio che voleva un libro piccolino col dorso bianco che stava su

uno scaffale della libreria, in biblioteca, e non si acquietava di nessuna maniera.
Ricciardi si rivolse a Marta, con aria di finto rimprovero.
– Ma insomma, hai deciso di metterti a leggere da sola? E poi te l'ho detto mille volte: non fare arrabbiare Nelide...
Marta concluse:
– ... ché poi se la prende con te!
Nelide sbuffò.
– *Vizio e natura, finu a la morte dura.* Ci sta poco da sfottere, a stare appresso alla baronessa si può perdere la testa. Si è piantata in biblioteca e ha detto: non me ne vado finché non trovo il libro piccolo che voglio io. Mi ha fatto perdere un pomeriggio intero!
Ricciardi depose la bambina a terra e si chinò per guardarla in faccia.
– E allora, signorina, che storia sarebbe questa? Che libro volevi?
Marta tirò fuori un libriccino dalla tasca della veste.
– Questo. Perché tu, il nonno e la nonna leggete e io invece no? Ho pensato che siccome sono piccola mi serviva un libro piccolo, quando sarò grande potrò leggere un libro grande. Cosí non mi stanco.
Lo disse con una deliziosa aria contrita, che a Ricciardi fece venire voglia di mangiarla di baci. Sbirciò il libro stretto fra le mani della figlia. Era una vecchia edizione di *Les fleurs du mal*.
– Ah, vuoi cominciare direttamente dal francese e da Baudelaire? Mi pare impegnativo, signorina.

Marta sbatté le palpebre.
- Chi?
Ricciardi rise.
- Allora, amore mio, papà ti spiega una cosa: per i libri come per tutte le cose vale il contenuto. Non ti fare ingannare da ciò che è piccolo e sembra inoffensivo, perché il piú delle volte non lo è affatto. Guarda te, per esempio.
Nelide concordò, decisa.
- *Curta e assaje male 'ncavata!*
Ricciardi le lanciò un'occhiataccia, ma gli scappava da ridere.
- Tu sei piccola, ma sei anche piena di intelligenza e bellezza. Sottovalutarti sarebbe un grave errore, ti pare? Queste poesie sono bellissime, ma non credo sia ancora il momento di leggerle, per te. Cerchiamo insieme un altro libro, piú adatto alla tua età.

Senza opporre resistenza, Marta porse il volumetto al padre, che lo prese e ne scorse le pagine.

Ne cadde un foglio ripiegato.

Ricciardi lo raccolse, lo aprí e avvertí un brivido lungo la schiena.

La grafia grande e ferma era la stessa che aveva visto sui contratti coi fittavoli e sui documenti riguardanti le proprietà.

Era la scrittura di suo padre.

XXXVIII.

Mia cara,
scriverti questa lettera è la prova piú dura alla quale la vita mi abbia costretto. Vorrei che potessi affacciarti dentro di me per sperimentare l'angoscia, il dolore e l'umiliazione che sento.
E non ultimo tra questi orribili sentimenti, anzi, il primo, è la consapevolezza del dolore che ti darà leggere le mie parole. Se solo avessi avuto una possibilità, lo avrei evitato a te, mia cara, e pure a me stesso. Mentire, o anche tacere la verità che è colpa pari, a volte salva e protegge. Ma in talune circostanze è inevitabile guardare in faccia la realtà e dire le cose cosí come sono, senza infingimenti.
Potresti chiedermi perché ho scelto di rinunciare a parlarti, pur vivendo con te nella medesima casa. E peraltro il mio carattere è aperto, preferisco guardare negli occhi. E la scrittura, specie se come stavolta tratta di sentimenti e di emozioni, non è la mia preferita fra le espressioni.
Ma le ragioni di questa lettera sono molteplici. Anzitutto non stai bene; sei devastata dal tuo male, il quale ha tanti aspetti per me incomprensibili che il mio buon amico dottor Persico ha rinunciato a indagare. Non voglio forzare le tue difese e la fortezza in cui ti rinchiudi per darti

un altro dolore. Confido che quando potrai leggere queste righe starai meglio, potendone sostenere il contenuto. Nemmeno io sto bene. Ecco la seconda ragione, quella che mi spinge a non attendere ancora per dirti ciò che devo dirti. *Il mio cuore, a quanto Persico dice, ha le pareti di carta. Un'altra crisi potrebbe essermi fatale, e comunque non avrò vita lunga. Non sono addolorato e non ho paura. Ho avuto un'esistenza fortunata e non mi sono mai immaginato vecchio, e ora scopro che ne avevo motivo.*

Non devi preoccuparti di nulla, mia cara; ho già sistemato ogni cosa per te e per il nostro piccolo Luigi Alfredo.

Vorrei solo che tu guarissi, per poterti occupare del patrimonio dei Malomonte; ma i Vaglio, in virtú della loro lealtà, sapranno benissimo portare avanti le cose.

E tuttavia, è proprio la mia precaria condizione di salute a indurmi a scriverti di questo difficile argomento.

Io sono un traditore.

Uno squallido, triste traditore.

Non ho saputo rispettare il vincolo di fedeltà che ho assunto nei tuoi confronti quando ci siamo sposati. Non ho saputo essere il marito che volevo essere.

Credimi se ti dico che mai, neanche per un momento, è venuto meno il sentimento di amore puro che ho per te, dacché ti ho incontrata. Lo so, affermarlo qui suona come una menzogna; eppure è cosí, posso giurarlo sulla memoria di mio padre. E nemmeno saprei dirti di preciso cosa sia successo, e come, e quando.

Mi sono ritrovato mani e piedi in questa situazione, che è in contrasto con quanto io abbia mai ritenuto giusto e corretto, e anche con i valori che mi sono stati insegnati.

Voglio dirti subito che la colpa è solo mia. Quando *leggerai queste righe, con ogni probabilità io sarò già in un altro mondo, e penso di conoscerti abbastanza da sapere che ne incolperai te stessa e la tua malattia.*
Non è cosí, mia amatissima Marta. Non *è cosí, te lo ripeto e te lo ripeterei mille altre volte.*
Non nego sia stato difficile assistere alla metamorfosi dalla giovane allegra che ho condotto all'altare nella creatura sofferente e addolorata degli ultimi anni. Ma *non ho mai pensato che ciò dovesse allontanarmi da te, al contrario, ho sentito forte il dovere di starti vicino e di lottare per la tua guarigione.* E il nostro piccolo Luigi Alfredo, che tanto ti assomiglia, è un ulteriore motivo per *salvaguardare la famiglia.*
Tu, cara Marta, non sei causa della mia debolezza. Non *c'entri con la mia incoerenza.*
Ho incontrato una donna.
Ti dico subito che è una donna sposata con due figli, afflitta dalla malattia del secondo. Una povera contadina di sani principî. Non ha colpe neanche lei; è vittima del mio vizio, cosí come te. E purtroppo non è l'unica.
Ha pagato già per le mie colpe. Il marito, rientrato dall'estero, ha saputo di questa relazione benché non abbia potuto capire che si trattava della mia persona, e ne è impazzito. Ha ucciso un uomo innocente, per la cui morte non riceverò mai perdono e che mi porterà all'inferno.
E poi se l'è presa con la moglie, riducendola in fin di vita. Prima di darsi alla macchia e sparire nel nulla, in fuga dai carabinieri che lo ricercano per l'assassinio.
Ma non è ancora questo, il motivo per cui ti scrivo.

La donna ha avuto una bambina, che adesso ha quattro anni. È lei la ragione per la quale il marito è impazzito di gelosia. La piccola è sopravvissuta alla furia omicida di lui solo grazie alla lungimiranza della madre, che subito prima del ritorno del marito l'ha affidata a una persona amica che l'ha portata via.
Questa bambina è mia figlia.
Non l'ho riconosciuta, né mai lo farò: porterebbe il disonore sulla nostra casa, e la donna non me lo ha chiesto. Ma ucciderla prima che nascesse è stato superiore alle nostre forze.
Ecco perché ti scrivo, amore mio. Se, come appare certo, tu dovessi sopravvivermi; se, come purtroppo appare altrettanto certo stando all'amico Persico, anche questa donna, il cui nome è Annina Angrisani, dovesse cessare la propria battaglia contro le gravissime lesioni inferte dal marito, che ne sarà della bambina?
Lei non ha colpe. È un angioletto innocente che non ha chiesto di venire al mondo in questa infelicissima condizione. Costituirebbe la vergogna di sua madre e della sua famiglia, e chissà come sarebbe trattata e a quale terribile fine sarebbe destinata.
Mi rendo conto che è una richiesta enorme, eccessiva da ogni punto di vista: un traditore fedifrago, un uomo che non ha avuto il coraggio delle proprie azioni né ha saputo proteggere la propria famiglia e il proprio nome, tantomeno una povera donna che ha perso tutto a causa di un amore clandestino; un uomo cosí, degno solo di commiserazione, viene a chiedere a te, che sei la piú ferita dalle mie azioni, di prenderti cura della figlia della mia colpa.

Marta carissima, fa' sí che la bambina non sia abbandonata. Che non finisca male, non avendo colpe se non quella di essere stata generata da un traditore vigliacco.

Non ti darò questa lettera prima della mia morte. Non sopporterei che i tuoi meravigliosi occhi color dell'erba in primavera mi fissassero tra le lacrime della delusione. Sono vigliacco anche in questo, come vedi.

L'affiderò in una busta sigillata al dottore, che te la consegnerà. E mi addormenterò fiducioso che la tua anima gentile non lascerà che ci siano altre vittime innocenti.

Non voglio rinnegare il sentimento che ho provato per Annina. Non ho mai immaginato di poter condividere la vita con lei, né le ho mai parlato come ho fatto con te.

Ma non era soltanto la carne, a essere coinvolta. C'era il cuore. Io ho amato anche lei. Di un amore diverso, ma è stato pur sempre amore.

Non ti chiedo il perdono che non puoi darmi. Ti chiedo di ricordare di essere madre, e in quanto tale di fare in modo che questa bambina possa salvarsi.

Il mio ultimo pensiero, Marta carissima, sarà per te. E ti giuro che sarà di dolce amore, e di immenso rimpianto.

Tuo,

Giovanni

Fortino, aprile 1906

XXXIX.

La maestra Giovanna stava rientrando a casa dopo il consueto giro delle botteghe.
Una volta alla settimana scendeva nel borgo per acquistare quello che in sette giorni aveva annotato su una lista, senza eccedere rispetto all'essenziale per evitare che le merci si deteriorassero. Si era imposta questa rigida regola di morigeratezza per contrastare l'innata propensione agli eccessi con cui si ritrovava a fare i conti.
L'educazione impartita dalle suore, peraltro, si era rivelata inutile sul fronte dell'economia domestica. Giovanna sapeva suonare il pianoforte, ricamare, ricevere ospiti. Conosceva il francese, il greco e la storia antica. Tutte cose bellissime, per carità, ma non propriamente funzionali alla gestione di un casolare con annessi podere e stalla.
Era corsa ai ripari imbastendo pian piano un sistema utile allo scopo: impartiva lezioni ai bambini dei dintorni, guadagnando cosí il necessario per ingaggiare contadini e braccianti che potessero sostenerla nella conduzione della tenuta. Ben consapevole, però, di come la considerassero in paese: una strana donna

non sposata, che pretendeva di fare la possidente senza averne competenza.

Ma una donna sola – e Giovanna ne era oltremodo convinta – aveva le stesse capacità di un uomo: non era certo da meno. E lei, in particolare, aveva dalla sua un'eccezionale dose di testardaggine unita all'inclinazione a vedere negli ostacoli una semplice barriera da superare, anziché un impedimento insormontabile.

Scorse un uomo, in lontananza. Se ne stava seduto su un masso, accanto all'ingresso della proprietà di Giovanna. Via via che la maestra procedeva, le fattezze si facevano familiari.

– Eccellenza, come mai qui? È successo qualcosa? La bambina…

Ricciardi si mise in piedi, spolverandosi i pantaloni.

– Buongiorno, signorina. Chiedo scusa per la visita imprevista, ma avrei bisogno di parlarvi. Si tratta di una cosa importante.

Ancor piú del tono basso e preoccupato, la impressionò il volto: pallido, teso, con evidenti segni di stanchezza attorno agli inquietanti occhi verdi.

Gli accennò di seguirla. Gli chiese se gradiva un surrogato, Ricciardi disse di sí e si accomodò al tavolo del grande ambiente che faceva da cucina e da salotto.

In un silenzio non privo di imbarazzo, Giovanna preparò la bevanda, tirò fuori tazze, cucchiaini e piattini. Poi sedette di fronte a lui, in attesa.

Ricciardi sembrava avere difficoltà a iniziare.

– Non dovete temere, eccellenza. Mi rendo conto che la morte della mamma sia fonte di pensieri per

quanto riguarda l'educazione della bambina, ma vi assicuro che da quel punto di vista si può compensare.
– E voi lo sapete bene, no, signorina? Perché è proprio quello che è successo a voi.
Giovanna si irrigidí.
– Cosa c'entro io, adesso? Stiamo parlando di vostra figlia, e...
– No, non stiamo parlando di mia figlia. Stiamo parlando di voi. E anche di me, in un certo senso. Perciò sono venuto, e vi prego di ascoltarmi.
Il viso della maestra si fece rosso di rabbia.
– Ritengo del tutto inopportuno che un ospite, ancorché di riguardo come voi, eccellenza, possa dettare gli argomenti di conversazione. In casa mia...
– In casa vostra, sí. Perché in effetti la casa, il terreno, i due pozzi d'acqua e la stalla vi appartengono in via esclusiva. Insieme a una buona rendita che vi avrebbe consentito di vivere in qualsiasi città, conducendo l'esistenza per la quale siete stata educata. Immagino fosse questo il progetto di chi ha provveduto alla vostra istruzione. Non è cosí?
Giovanna non sapeva che dire. Cosa voleva da lei quell'uomo? Si era presentato lí di prima mattina senza nemmeno farsi annunciare, e ora si permetteva pure di discettare sulla sua vita come se ne facesse parte.
– Sentite, eccellenza, io davvero non capisco il motivo della vostra visita improvvisa. Ragion per cui, avendo impegni impellenti, vi prego di scusarmi se...
– Voi di cognome fate Curcio. Che poi è il cognome della vostra povera madre, Curcio Anna detta Annina,

morta nel 1906 quando voi avevate quattro anni. Come mai non portate il nome del marito di Annina, Angrisani? Che è il cognome di Teodoro, vostro fratello, l'unico parente che avete in paese.
Giovanna scattò in piedi, furente.
– Con quale autorità avete indagato su di me? Capisco che siate abituato alla civiltà feudale come gli zotici di questo borgo, ma io ho avuto ben altra educazione. Per cui, per favore, liberate subito la mia casa dalla vostra presenza.
Ricciardi sorrise. E fu un sorriso triste e dolcissimo, senza alcuna traccia della vena di aggressività con cui fino a quel momento aveva condotto la conversazione.
– Sedetevi, signorina. Se avrete un po' di pazienza, vi spiegherò perché sono qui. Dopodiché, se vorrete ancora che me ne vada, toglierò il disturbo.
La donna rimase in piedi, per nulla rabbonita. Allora Ricciardi disse, conciliante:
– Non siete curiosa?
Giovanna sedette, dosando con lentezza il movimento.
– Con quello che chiamate mio fratello, Teodoro, non siamo mai stati in rapporti. Non so perché, ma mi odia. Mi ha sempre odiata. Immagino c'entri la ragione per cui non portiamo lo stesso cognome, e quindi la cosa riguarda mia madre. Ma non mi importa, perché so badare a me stessa. Ora, se volete dirmi come mai...
– La risposta è semplice, e allo stesso tempo molto complicata. Diciamo che io ho una storia da raccontare. Anzi, metà. L'altra metà ce l'avete voi. Nelle ultime

settimane mi sono ritrovato ad approfondire un evento accaduto parecchi anni fa. E ho scoperto fatti che riguardano me e la mia famiglia, ma riguardano pure voi. Vorrei perciò proporvi uno scambio: la mia metà della storia in cambio della vostra. Devo però avvertirvi che, una volta messe insieme le due metà, la nostra vita non sarà mai piú uguale a com'era. Ci state?
– Va bene, eccellenza. Procediamo.
Ricciardi si sporse in avanti, sul tavolo, gli occhi verdi in quelli neri di lei.
– Innanzitutto ditemi: cosa ricordate della vostra infanzia? Prima del collegio delle suore, intendo. Dove siete cresciuta?

Giovanna raccontò del viso della madre, tenero, bellissimo e illuminato dal sole; dell'odore del pollaio e delle galline, cosí acuto da farla starnutire; dei pizzichi sulla schiena e sulle gambe che le dava il fratello piú grande, e dei lividi che le lasciavano. Raccontò della morte della madre, che aveva compreso soltanto anni dopo. Raccontò della zia, e del fratello piú piccolo che tossiva sempre.

Raccontò delle due donne che arrivarono in carrozza, una grassa e una velata, di quanto la velata le facesse paura, della mano guantata che si accostava alla sua faccia impietrita dal terrore.

Raccontò del viaggio verso il collegio, del suo chiedere con insistenza della madre.

Poi disse che non aveva altre memorie dell'infanzia. Se non una che non riusciva però a collocare, ritenendola quindi una fantasia.

– Rammento un uomo alto, con i baffi e ben vestito, sempre in cravatta. Mi prendeva in braccio e mi sollevava sopra la testa. Non avevo paura di lui. Rideva forte, e la sua risata mi piaceva.

Ricciardi tacque, il viso attraversato da un'improvvisa tenerezza. Poi domandò:

– Non vi siete mai chiesta chi vi abbia mantenuta agli studi, e perché? E da chi provenga questa proprietà che vi è stata donata?

– Certo che me lo sono chiesta, eccellenza. Però sull'argomento è stato sempre mantenuto il piú assoluto riserbo. Non sono mai riuscita a scoprirlo; ma devo anche dire che mi sono rassegnata presto. Ho rispetto per la volontà delle persone: se qualcuno vuole bene a una bambina al punto di volerle donare un futuro sereno, avrà tutto il diritto insieme ai suoi buoni motivi per tacerne le ragioni. Non credete?

– Posso farvi un'ultima domanda, prima di pagare il mio debito raccontandovi l'altra metà della storia?

La maestra assentí.

– Perché siete tornata? Perché non avete venduto la proprietà né utilizzato la rendita per costruirvi una vita piú adatta all'educazione che avete ricevuto?

Giovanna andò alla finestra. Al di là di un filare di alberi, si intravedeva il declivio dei campi arsi dal sole di luglio. Parlò senza girarsi verso Ricciardi.

– Anche questo mi sono chiesta mille volte. Non saprei dire perché. Ma io sono cilentana. E forse un cilentano sta bene soltanto nel Cilento. Per cui sarei portata a ritenere che mio padre, chiunque egli sia, è di qua. E che mi abbia passato, insieme a mia madre, il desiderio di vivere e di morire in questa terra –. Si voltò: – Sono qui da quindici anni, eccellenza. Ho dovuto fare i conti con un muro di diffidenza e di reticenza. Fin quando ho compreso che avrei fatto meglio a non porre piú domande. Da allora le cose sono andate meglio: io istruisco i figli della gente del posto, loro mi rispettano e, se ho bisogno di qualcosa, mi aiutano. È su questo equilibrio che si fonda la buona convivenza, non vi sembra?

Ricciardi comprese. Poi le fece cenno di sederglisi davanti, e parlò.

Le disse di un uomo che aveva sposato una donna della città, e l'amava molto, moltissimo, anche se erano assai diversi. Le disse del trasferimento dei due a Fortino, e della presenza di Rosa.

Le disse della malattia della donna, del figlio che ebbero, della porta chiusa e delle emicranie.

Le disse della solitudine di lui. E le disse di un incontro per strada, tra un uomo solo e una donna onesta. E dell'amore, che quando arriva, arriva.

E le disse di tutto il resto, di un marito che tornava e diventava pazzo di gelosia, di un antico spasimante che tentava di salvarsi e di una coltellata nell'ombra di un vigneto, una mattina di febbraio di trentaquattro anni prima.

Le disse di una bambina, una creatura che non aveva colpe ma era lei stessa una colpa; e del fatto che per salvarla fosse stata affidata a una donna, ma che aveva dovuto essere testimone della morte della sua mamma.

E le disse di una lettera, trovata per caso dentro un vecchio libro di poesie, quasi fosse un messaggio inviato dall'altro mondo. Una lettera che era una supplica e non una richiesta di perdono, ma spiegava il destino di Giovanna Curcio, che portava il cognome di sua madre ma aveva avuto un padre.

E le disse infine che la donna velata – la quale l'aveva guardata una sola volta e l'aveva accarezzata, perché una bambina innocente non doveva essere una colpa – aveva assolto alle volontà di un padre. E che lui, Ricciardi, reputava giusto soltanto in parte ciò che era stato deciso.

– Perché tu, Giovanna, sei mia sorella. E se l'altro tuo fratello ti ha odiata non per qualcosa che hai fatto ma per quello che sei, io invece intendo restituirti quanto ti spetta. Soprattutto in termini di affetto.

Durante il racconto, il viso di lei era stato un caleidoscopio di emozioni. Erano passate ore e nessuno se n'era accorto.

– Noi siamo adulti, adesso. Abbiamo vissuto lontano da qui e poi siamo tornati, per ragioni diverse e con diverso spirito. Ci siamo ritrovati, e non c'è altro che conti; nelle nostre vene scorre lo stesso sangue, ma devo abituarmi all'idea. Lo accetterò pian piano, non è semplice scoprire di avere davanti una vita del tutto nuova. Non ho motivo di avere dubbi su quello che mi hai detto, perché in effetti il tuo racconto mette a posto ogni tassello. Ma ti prego, dammi del tempo. E intanto, lasciami alla mia casa e ai miei studenti, tra cui

tua figlia, che adesso è la mia nipotina, e sarò felice di viverla come la figlia che non ho mai avuto.
Ricciardi si alzò. Era piú o meno la risposta che si era aspettato. Si avviò verso la porta, poi si fermò.
– Hai ragione, siamo cilentani. Gente forte e testarda che non si perde in sciocchezze. Però l'affetto tra un fratello e una sorella è una cosa seria, ti pare?
Allargò le braccia.
E lei gli andò incontro, e lo strinse.
Nel primo abbraccio tra un fratello e una sorella, nel pomeriggio di un giorno di luglio.

XL.

Il luglio invernale di Buenos Aires si manifestò con una pioggia talmente forte che la gente rimase a casa, per cui nei locali non c'era nessuno.

Diego se ne restò alla finestra livida d'acqua, guardando fuori e pensando con malinconia al fatto che non si sarebbe esibito quella sera.

Da quando Laura era partita, le serate al caffè non erano piú le stesse. Aveva sviluppato con lei una tale intesa che ogni canzone era di volta in volta diversa, e l'uno seguiva l'altra intuendone persino l'umore.

Si chiese cosa stesse facendo Laura dall'altra parte del mondo, dove era assurdamente estate e ancora piú assurdamente c'era la guerra. L'ossessione del ritorno, che follia, rifletté. Lui se ne sarebbe rimasto al sicuro, e al diavolo il resto.

Prese la bottiglia, bevve un sorso e imbracciò il *bandoneón*.

Tornare, per forza. Chissà che senso aveva.

Quasi senza volerlo, iniziò a suonare.

Tre giorni dopo il proprio arrivo in città, Livia cominciò a chiedersi che senso avesse avuto tornare.

Non si era pentita. La spinta a organizzare il viaggio, il desiderio di respirare di nuovo l'antica aria erano ancora vivi. A essere incerto, invece, era il luogo dove il ritorno di Laura avrebbe avuto compimento. Era andata nella cittadina dov'era nata e dove era sepolto il figlio. Aveva visto i genitori, anziani e in cattiva salute. Il padre l'aveva riconosciuta a malapena. Con ogni probabilità, non li avrebbe piú trovati in vita a una visita successiva; malgrado ciò, già dopo poche ore, l'inquietudine che la esortava ad allontanarsi aveva prevalso.

Era stata sulla tomba di Carletto, e non aveva provato altro al di là di un'acuta nostalgia: era una donna diversa, quella che l'aveva partorito. Piena di speranze e ambizioni sparite troppo presto.

Era ripartita, e giungendo nella grande città sul mare qualcosa si era risvegliato. Ma colori e suoni erano mutati. Laura non aveva riconosciuto l'allegria, gli sguardi gioiosi, sostituiti da fame e paura. Quando ci abitava lei, era palpabile la determinazione a vivere, la convinzione che dietro l'angolo ci fosse la felicità per tutti. Adesso il pessimismo e la rassegnazione alla sofferenza erano tangibili, in netto contrasto con quanto i quotidiani e la radio andavano sbandierando.

Infine, aveva dovuto fare i conti con la pessima scoperta che chi le era caro, chi davvero avrebbe voluto rivedere, non risiedeva piú lí. Le finestre chiuse l'avevano annichilita, e la tristezza da quel momento non l'aveva piú abbandonata.

Questo, però, l'aveva portata a riflettere.

L'Argentina era stata per molti versi una parentesi felice, ma si era conclusa per sempre nell'istante in cui la nave si era staccata dal porto di Buenos Aires. Roma era stata un luogo di dolore e frustrazione, mentre Jesi era ormai soltanto un involucro di vecchie fotografie ingiallite. La città sul mare era addirittura divenuta uno specchio deformante, latore di sofferenza.

Si domandò allora se il ritorno da lei bramato non fosse verso un luogo, bensí verso alcune persone. Se la spinta a tornare fosse frutto di un'istanza del cuore, anziché di un'esigenza della mente.

Chiese all'autista quanto distasse un certo paese della provincia di Salerno, nella parte meridionale del Cilento.

E sorrise per la prima volta dacché era tornata.

A mezza voce, Diego recitò le parole scritte da un uomo che aveva conosciuto e che non c'era piú.

Erano molte le cose che ricordava e cantava di persone che non c'erano piú, perché morte, perché partite, perché fuggite, perché lasciate andare.

Il passato, rifletté, è popolato di croci e di tombe. E nessuno è in grado di pareggiare il conto.

Sussurrò, andando dietro alla musica: – E anche se il dimenticare, che tutto distrugge, avesse ucciso la mia vecchia illusione, guardo nascosta una speranza umile che è tutta la fortuna del mio cuore.

Sei stata proprio brava, piccola baronessa. E chi se lo sarebbe aspettato, che fossi un'attrice cosí alla tua età!

Sono contenta di avertelo spiegato bene, in quale cassetto stava la lettera che tua nonna nascose dopo che il dottore gliel'aveva consegnata.

E sei stata brava pure a inventarti il fatto del libro, cosí a tuo padre è sembrato tutto un caso. Era il modo migliore di fargli trovare la lettera di suo padre a sua madre.

Io non lo so che ci sta scritto, perché non so leggere; ma so quello che successe dopo, di come lei e mia sorella Rosa andarono a casa della povera Annina appena seppero che era morta, un mese dopo tuo nonno. E di come fecero andare in collegio la bambina.

E dopo ho sentito per molto tempo la baronessa grande leggere le lettere delle monache a Rosa, con tutte le belle notizie sull'educazione della piccola e del suo profitto. È sempre stata brava.

La incontrerai, secondo me. Fa la maestra, adesso, e ci vanno tutti i bambini del paese. Ci andrai anche tu, vedrai.

E ora, secondo me, sei pure abbastanza grande per imparare l'uncinetto. Io non ti posso insegnare a scrivere, ma questo sí che te lo posso insegnare. Vuoi vedere come si fa?

Sposta la coperta e vieni piú vicino. Oggi sotto l'ulivo si sta proprio bene, ti pare?

Il musicista faceva correre le dita sulla tastiera dello strumento, e seguiva il ritmo della pioggia.

Perché la pioggia – avrebbe spiegato a Laura se fosse stata là, in una delle loro interminabili conversazioni sulla musica – è un tempo. Con la pioggia puoi fare a meno della batteria. Ti basta quella, se vuoi cantare. E pure suonare.

Modulò note e versi: – Ho paura dell'incontro con il passato che ritorna ad affrontare la mia vita. Ho paura delle notti che popolate di ricordi incatenano il mio sognare...

Nelide aveva intuito che il signorino aveva in mente qualcosa, ma non era compito suo indagare. C'era da appurare soltanto se ci si potesse far niente.

E siccome si trattava con ogni evidenza di questioni che eccedevano il suo campo d'azione, continuava a occuparsi delle proprie mansioni con un occhio ai comportamenti di Ricciardi, pronta a intervenire. Come due sere prima, quando la piccola Marta aveva cominciato a trafficare tra i cassetti della baronessa madre e la biblioteca.

Per Nelide, quella bambina aveva una caratteristica strana. Certe volte sembrava una della sua età; altre aveva un che di vecchio, di molto adulto.

Ma anche questo eccedeva il suo campo d'azione. Doveva tenere occhi e orecchie aperti, evitare che si facesse male o soffrisse. Poi ognuno aveva la natura che aveva, e se la baronessa piccola cresceva cosí, significava che cosí doveva crescere.

Nelide non lo sapeva, ma piú di trent'anni prima Rosa aveva formulato lo stesso pensiero su Ricciardi. E le cose, alla fine, erano andate come dovevano andare.

La ragazza stava pensando a Marta, mentre rientrava dal mercato del paese; e per poco non le prese un colpo quando si sentí chiamare dall'ombra di una traversa.

– Ciao, Nelide. Io sto ancora qua.

Si era preparata d'istinto alla lotta, l'involto con la merce che aveva comprato a terra, dietro di lei, le braccia forti protese in avanti, i pugni serrati.

– E che modo è, questo? *Se si' nato pe' muri' 'o scuro, po' esse' puri figliu a mastu cannelaru!*

Se il tuo destino è morire al buio, non serve essere figlio di un bravo artefice di candele. Il proverbio avrebbe potuto avere un senso per chi praticava la lingua di Nelide, ma non per Tanino 'o Sarracino, che, poveretto, non possedeva questa facoltà.

Emerse dal buio e mostrò a Nelide un aspetto ben lontano da quello che presentava alle clienti in città. Viso scavato, barba lunga, abiti stazzonati, occhiaie profonde.

La giovane ne fu colpita. Trasse un respiro.

– *Nun tutti 'e pacci stannu indu 'u manicomio.*

Tale concetto, in merito alla permanenza all'esterno dei manicomi di molti folli, risultò piú comprensibile al ragazzo, che proruppe in una risata amara.

– Sí, sono pazzo. Perché solo un pazzo può rimanere quattro giorni in un posto come questo, senza un tetto, mangiando quello che trova, aspettando che una ragazza, una sola ragazza, si ponga il problema se uno è vivo o se è morto.

Nelide lo fissava arcigna.

– E che significa? Te l'ho detto io, di restare qua? *Vai pe' ti fa' 'a cruci, e ti cechi l'uocchio.*

L'immagine di Tanino che, nel farsi la croce, si accecava un occhio era per rimarcarne l'autolesionismo. Il giovane annuí, consapevole.

– Lo so. E questo sono venuto a dirti, Nelide: che ti saluto e me ne torno a casa. Forse mi manderanno al fronte, cosí magari mi becco un proiettile in testa e trovo un po' di pace. Parto domani con la corriera. Addio.

I begli occhi neri erano pieni di lacrime. Per una volta non mentiva, Nelide ne fu certa. 'O Sarracino raccolse il fagotto con le sue poche cose e si avviò.

La ragazza rimase immobile, a riflettere. Non possedeva una grande immaginazione, e quella era la sua forza: ma era una donna pratica, e le fu chiaro che se non avesse fatto niente quella sarebbe stata l'ultima volta che lo vedeva.

Il fantasma di Rosa si presentò subito:

– Lo devi lasciare andare, nipote. Tu hai un compito, e non devi avere distrazioni.

– *Stateve citta, zi' Ro'*.

E lo andò a fermare. In fondo, suo padre si stava facendo anziano e aveva un gran bisogno di un lavorante che ne capisse di frutta e verdura.

Addò nce gusto, nun ce stai maie perdenza, ragionò.

Che voleva dire che se ti fa piacere fare qualcosa, non può essere una cosa negativa.

Diego si fermò e bevve un altro sorso.

Pensare al passato, a tutte le persone che non aveva piú incontrato, lo aveva reso ancora piú triste della pioggia. Gli amori, disse fra sé. Meglio non aprire la porta degli amori, la cantina del cuore dove sono conservati baci, voci, volti di chi si è amato.

Senza musica e senza gioia, pensò: sono vecchio. E mormorò: – Ritornare, con la fronte appassita, le nevi del tempo che argentarono le mie tempie. Sentire che è un attimo la vita, che venti anni non sono niente, che febbrile lo sguardo, errante nelle ombre, ti cerca e ti nomina...

L'uomo dai capelli bianchi scese, le palpebre che sbattevano nella luce improvvisa.

Aveva soltanto una valigia con dentro pochi abiti, qualche libro, l'occorrente per radersi, un paio di scarpe e una vecchia rivoltella ben tenuta.

Per l'intero viaggio aveva pensato alla decisione presa. Se avesse avuto un senso scegliere tra conservare nome e professione, e mollare invece tutto per provare a costruire un mondo diverso.

Ricordava le parole del brigadiere, che gli descrivevano una situazione ben definita. Ricordava le remore che aveva avuto, una volta uscito dal carcere, ad avvicinare i compagni che con lui avevano pianificato una resistenza. Era certo di essere seguito: li avrebbe rovinati, li avrebbe portati per sempre sulla coscienza se per salutarli un'ultima volta li avesse consegnati al nemico.

Doveva andare via. Trovare un'altra strada per vivere gli anni che aveva davanti.

La scelta, insomma, era tra rinunciare alla propria identità e raggiungere un luogo dove riprendere la guerra contro il regime; oppure rifugiarsi da qualche parte come un topo, in attesa che le cose cambiassero.

E nel frattempo tentare di rimettere insieme i pezzi di una consapevolezza andata in frantumi.
Poi, però, aveva capito che prima di tutto era un medico. Che, prima di tutto, era uno che si impegnava perché gli altri non soffrissero. Forse, si era detto, se ritrovo la maniera di esercitare la mia professione, trovo anche una maniera nuova di combattere la morte. Perché è la morte la vera nemica.
Questi portano la morte. E io devo proteggere la vita. Ecco la mia battaglia.
Per fare la mia guerra, ho bisogno del calore di una famiglia. Ho bisogno di un abbraccio.
Si avvicinò a un uomo seduto a fumare al tavolino di una locanda.
– Sapete indicarmi il palazzo del barone di Malomonte, qui a Fortino?

Ma le canzoni, disse Diego alla pioggia che scorreva incessante sulla lastra, se si devono cantare si cantano fino alla fine.
Tutte le parole, tutto il testo e ogni nota. Perché quando sono state scritte, sono state scritte intere. E non una frase alla volta.
Pensò a Laura, alle sue lacrime che assomigliavano a quella pioggia. *Suerte, señora.* Dovunque tu sia adesso.
Spero tu abbia compiuto il tuo ritorno.
Sussurrò: – E anche se il dimenticare, che tutto distrugge, avesse ucciso la mia vecchia illusione, guardo nascosta una speranza umile che è tutta la fortuna del mio cuore...

Al cimitero c'era un morto, e di per sé non era una notizia.

Nello specifico, però, si trattava di uno dei morti che erano esclusivo appannaggio di Ricciardi e della sua dannazione. Di quelli che vedeva con gli occhi della mente malata, che erano da sempre la sua ossessione. Da quando era tornato a Fortino se n'era quasi dimenticato. La vita scorreva tranquilla, eventi come quello che aveva coinvolto Sarubbi trentaquattro anni prima erano memorabili in quanto rarissimi.

Tuttavia, proprio un mese prima un anziano cacciatore rimasto vedovo si era introdotto di notte nel cimitero e, andato sulla tomba della moglie, si era sparato in bocca. Il fatto aveva cagionato nella gente più tristezza che dolore: l'uomo viveva da solo, e in molti avevano pensato che non sarebbe sopravvissuto a lungo alla propria compagna.

Ricciardi invece, che non voleva venir meno alla visita quotidiana a Enrica, avrebbe volentieri evitato di dover passare vicino all'immagine di uno seduto a terra senza più gran parte del cranio, dal quale continuava a scorrere una viscida onda nera di sangue, frammenti di ossa e di cervello, e che continuava a dire *eccomi, eccomi, Nunziatina, eccomi, vengo da te*.

Giulio, che essendo domenica l'aveva accompagnato, gli disse:

– Ma certe volte non ti sembra che Marta abbia qualcosa di strano?

La domanda, posta nell'istante in cui il commissario guardava il cacciatore defunto che stava ormai sbiadendo nell'aria calda di luglio, deflagrò nel cuore di Ricciardi come una bomba.

– In che senso, papà? Che volete dire?

Era abbastanza sicuro che la bambina non avesse alcuna traccia della sua «malattia». Aveva sperimentato tale convinzione in piú occasioni, passando nei pressi delle immagini dei morti senza che Marta desse segno di aver visto alcunché. Ma era tale il terrore che potesse svilupparla crescendo, che ogni perplessità era da tenere in grande considerazione.

Giulio si strinse nelle spalle. Il fresco della cappella e le due sedie sistemate di fronte a Enrica, oltre al pensiero dolce di lei, facevano sí che genero e suocero riservassero a quel momento le confidenze piú intime.

– A volte sembra piú grande di quello che è. Sono accenni, niente di particolare, ma è come se pensasse come... come pensano gli adulti, ecco.

Ricciardi tirò un sospiro di sollievo. Non piú tardi di qualche giorno prima era stata Marta ad accompagnarlo da Enrica, e si era messa tranquilla a raccogliere fiori nell'erba a pochi centimetri da dove era avvenuto il suicidio. Ricciardi non ci sarebbe mai riuscito.

– È di sicuro una bambina intelligente e sensibile. Enrica non era cosí?

Il cavaliere si intenerí, come sempre quando si parlava della figlia.

– Sí, certo che lo era. Io la chiamavo *la mia vecchiarella*, addirittura. Era la prima, e ci passavo piú tempo.

– Forse è quello il motivo, papà. Forse Marta, come Enrica, passa troppo tempo coi grandi e finisce per imitarli. Però a me piace cosí, e non la vorrei diversa neanche per il piú piccolo dei dettagli.
– Nemmeno io. Però la tua riflessione è giusta: la teniamo troppo con noi. Dovremmo cercarle qualche amico della sua età. Ho visto che sta spesso con la zia di Nelide, quella sordomuta che si mette sotto l'albero sul poggio. Vorrei piuttosto vederla giocare.
– Tra poco comincerà a frequentare la maestra del paese, una donna che mi sembra sapere il fatto suo. Con lei ci sono altri bambini, una vera e propria scuola. Andrà tutto bene, vedrete.
Colombo si alzò.
– Hai ragione. Marta è una creatura meravigliosa, un regalo della vita. E della nostra Enrica.
Ricciardi si alzò a propria volta e fece una leggera carezza al nome della moglie scolpito nella pietra.
– Sí. Marta è perfetta, non ha niente di strano. Ed è merito di Enrica. Solo merito suo.
A presto, amore mio, disse tra sé.

Diego ripose lo strumento.
Chissà se si può davvero tornare, rifletté.
O se quello che ci illudiamo essere un ritorno è soltanto una triste, patetica illusione.
L'ultima illusione.

Nota.

I versi citati nell'opera sono tratti dalla canzone *Volver*, testo di Alfredo Le Pera, musica di Carlos Gardel (1934).

Questo libro è stampato su carta contenente fibre certificate FSC®
e con fibre provenienti da altre fonti controllate.

Stampato su carta HOLMEN con fibra vergine
proveniente da foreste sostenibili
www.holmen.com/paper

Stampato per conto della Casa editrice Einaudi
presso ELCOGRAF S.p.A. - Stabilimento di Cles (Tn)

C.L. 25520

Edizione					Anno			
2	3	4	5	6	7	2025	2026	2027	2028